的红楼梦

吕瑜洁 著

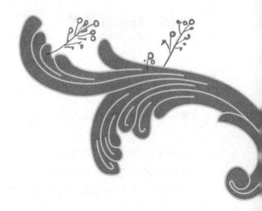

北方文艺出版社

图书在版编目（CIP）数据

榴梿一样的红楼梦 / 吕瑜洁著. -- 哈尔滨 ： 北方
文艺出版社，2022.6
ISBN 978-7-5317-5615-6

Ⅰ. ①榴… Ⅱ. ①吕… Ⅲ. ①《红楼梦》研究 Ⅳ.
①I207.411

中国版本图书馆CIP数据核字(2022)第093586号

榴梿一样的红楼梦
LIULIAN YIYANG DE HONGLOUMENG

作　者/吕瑜洁
责任编辑/王　爽　　　　　　　　特约编辑/陈长明
装帧设计/汇蓝文化

出版发行/北方文艺出版社　　　　邮　编/150008
发行电话/（0451）86825533　　　经　销/新华书店
地　址/哈尔滨市南岗区宣庆小区1号楼　网　址/www.bfwy.com

印　刷/济南精致印务有限公司　　开　本/880×1230　1/32
字　数/160千字　　　　　　　　印　张/7.375
版　次/2022年6月第1版　　　　印　次/2022年6月第1次印刷

书　号/ISBN978-7-5317-5615-6　　定　价/58.00元

爱榴梿，更爱《红楼梦》（代序）

一

　　榴梿是一种很奇特的水果。爱它的人，觉得它奇香无比，欲罢不能；讨厌它的人，觉得它奇臭无比，避之唯恐不及。

　　《红楼梦》，就是这样一本很奇特的书。

　　爱这本书的人，可以爱它一生，在人生的不同阶段可以反复阅读，每读一次都是一次修行。就像台湾作家蒋勋说的那样，可以将《红楼梦》当成"佛经"来读，因为里面"处处都是慈悲，也处处都是觉悟"。

　　可是，如果不爱这本书，恐怕一次都读不下去。整本《红楼梦》，洋洋洒洒一百二十回，似乎没有什么惊心动魄、跌宕起伏的情节，用一句话概括，无非就是四大家族，特别是贾家从繁华到幻灭的故事。故事中人，似乎都不干什么大事，成日家不是吟诗作赋、吃螃蟹、喝黄酒，就是看戏、游园、和丫头打打闹闹……

用一个字形容，是"作"；用两个字形容，是"无聊"。

就像榴梿一样，一部《红楼梦》，二百多年来，爱它的人，如痴如醉；厌它的人，不理不睬。

二

我曾经很讨厌吃榴梿。

2004年，去新加坡旅游。满大街的榴梿散发出的那种怪味，真是让人作呕，我掩鼻而逃。当地导游说，东南亚人很爱吃榴梿。爱到什么程度呢？爱到家里没钱时，会把精致的纱丽卖了，换钱买榴梿吃。当时，我很不以为然，觉得这个导游好夸张，敢情榴梿还像毒品一样会让人上瘾吗？

没想到，十多年后，我也鬼使神差地爱上了榴梿。在一次朋友聚会时，朋友买了一个外观很好的榴梿。饱满的榴梿肉躺在那里，晶莹剔透，甜香扑鼻。那一刻，我忽然有了尝一尝的冲动。这一尝，就不知不觉爱上了这种味道，从此再也停不下来。"猫山王""金枕头"等榴梿中的极品，更是成了我的心头好。这时，我才相信，那个新加坡导游说的话并不夸张。

同样，如果我告诉一个不爱看《红楼梦》的人，这本书可以反复看，而且每次看的感受都不一样，他一定会觉得不可思议，会将信将疑地问："不会吧？"

只有当他真的喜欢上这本书时，他才会真正相信吧。

三

我对《红楼梦》的喜爱，可以从幼儿园时说起。

六七岁时，常听父亲有事没事哼着徐玉兰、王文娟的《天上掉下个林妹妹》《金玉良缘》《想当初》《问紫鹃》等越剧《红楼梦》经典选段。听得多了，就对《红楼梦》的故事产生了强烈的好奇心。晚餐桌上，父母常常有一搭没一搭地告诉我宝玉、黛玉、宝钗之种种。不谙世事、懵懂无知的我，对《红楼梦》似懂非懂，只觉得寄人篱下、孤苦伶仃的黛玉好可怜。

1987年，中央电视台播出由王扶林老师导演的电视连续剧《红楼梦》。当时正读小学一年级的我，跟着父母一集不落地追完了全剧。我第一次对《红楼梦》有了完整的认识。此后，每当央视在寒暑假期间重播《红楼梦》时，我都会翻来覆去看好几遍，是绝对的"忠实粉丝"。

"一个是阆苑仙葩，一个是美玉无瑕……想眼中能有多少泪珠儿，怎经得秋流到冬尽，春流到夏"，那首悲情的片头曲《枉凝眉》，那块大荒山青埂峰上的顽石，欧阳奋强、陈晓旭、张莉、邓婕演绎的宝玉、黛玉、宝钗、凤姐，深深地烙印在了我的心里。

四

初中时，开始读《红楼梦》。

我从家中的书柜里翻出了父亲看过的《红楼梦》。我清晰地记得，那是一套简装本《红楼梦》，封面是淡青色的，没有什么花样装饰，只有清清爽爽、简简单单的三个字——红楼梦，不张扬，不显眼。微微有些发潮的书页，密密麻麻竖版排列的繁体字，让我有些不知所措地读了下去。

第一次阅读，并未通读，我专门挑和宝黛有关的情节读。记得读到第七十六回《凸碧堂品笛感凄清，凹晶馆联诗悲寂寞》时，我就不忍心再读下去了。悲凉之气，遍布华林。

1997年7月，高一暑假，我买来了岳麓书社出版的《红楼梦》，第一次完整地看了一百二十回《红楼梦》。这次阅读，我投入了全部感情，完全沉浸其中。读完后，我洋洋洒洒写了一篇几千字的读后感。大意是说，随着贾府的没落衰败，我的心似乎也沉到了海底，不由自主地伤感、失落。

大学里，我开始读和《红楼梦》有关的评论。胡适、王国维、俞平伯、周汝昌、张爱玲等大家，都对《红楼梦》有精深的研究和精彩的点评。研究《红楼梦》的学问，简称"红学"，与甲骨学、敦煌学并称二十世纪三大显学，在国际上的热度堪比"莎学"。"红学"之博大精深，让人叹为观止。

五

工作后，我一如既往地喜欢《红楼梦》。

2013年，一个偶然的机会，我遇见了《蒋勋说红楼梦》。从此，我跟着蒋勋老师真正走入了《红楼梦》的世界。这几年来，反反复复，我读了不下五六次。

在《蒋勋说红楼梦》里，有繁华和幻灭，有空灵与哀伤，有青春的孤独、寂寞和彷徨，更有活泼泼的真生命、热辣辣的真性情。

读《蒋勋说红楼梦》，不再只是欣赏美文，也不只是研究"红学"，而是一个生命在叩问和聆听另一个生命。

蒋勋对"还"和"悲悯"的理解，对生命宽度和广度的探讨，道出了《红楼梦》的精髓。

我觉得，他是真正读懂了《红楼梦》的人。

六

和榴梿一样，《红楼梦》就是这样一本奇特的书。

书不能只是竖着读，还要横切开来读。

一百万字的《红楼梦》，正是一本需要我们横切开来读的书。

不管这个世界多么喧嚣，不管现代社会生活多么忙乱，在我的心里，《红楼梦》一直占据着重要的一席之地。

　　我愿意将我对《红楼梦》的感悟写成一篇篇随笔，帮助读者找到某种打开《红楼梦》的方式，并从中汲取人生智慧。

　　在《红楼梦》中思考人生，在人生中思考《红楼梦》，和大家共勉。

目录

教育篇：腹有诗书气自华

生活篇：万紫千红总是春

职场篇：齐家治国平天下

开篇：这才是真正的畅销书

一

如果曹雪芹生活的时代也有微信、微博、公众号，那么，他一定是那个时代最受欢迎的"大V"，拥有无数对他和他的《红楼梦》爱得死心塌地的"忠粉""迷弟""迷妹"……

这并非信口开河，只要看看他去世后络绎不绝的手抄本和各种版本的续集就知道了。

二

1763年，四十八岁的曹雪芹离开了这个并不值得他留恋的世界。

或许，他最大的遗憾，是他隐居"悼红轩"倾注十年心血写的《红楼梦》，只写到第八十回，尚未完稿。从此，这部作品就像断臂的维纳斯，成了永远的残缺。

民国才女张爱玲说，人生有"三恨"：一恨鲥鱼多刺，二恨海棠花无香，三恨《红楼梦》未完。

窃以为，张爱玲的"三恨"中，她侧重的是《红楼梦》未完。至于不着调的"鲥鱼多刺"和"海棠花无香"，无非是为了烘托《红楼梦》未完的缺憾。

三

对"《红楼梦》未完"深以为恨的，当然不只张爱玲。

曹雪芹去世后，人们用行动表达了对《红楼梦》的真爱。

行动之一，是抄写《红楼梦》手稿。

皇皇巨著，光是读一遍就得花大量时间，何况是一个字一个字地纯手工抄写？这是何等真爱。

问题来了，为什么要手抄呢？因为《红楼梦》是一本没有写完的书，没有哪个出版商愿意出版一本不完整的书。因此，在曹雪芹去世后的二十多年里，喜欢《红楼梦》的人，只能靠手抄本的形式阅读、传播。

行动之二，是为《红楼梦》写续集。

读者们看完八十回，感觉意犹未尽、欲罢不能，就摩拳擦掌，纷纷写起了续集。续集的版本五花八门，令人眼花缭乱。

比如，有人写宝玉修道有成，进了太虚幻境，玉帝下旨让宝黛成婚；有人写几经波折，黛玉、宝钗、紫鹃、晴雯通通嫁给了宝玉；有人写黛玉死了，被警幻仙姑救活。然后，宝玉发奋读书，同时娶了宝钗、黛玉，过上了一夫二妻的幸福生活……

四

终于，在曹雪芹去世二十多年后，有个痴迷《红楼梦》的三十三岁的"超级粉丝"，洋洋洒洒续写了四十回。

这个"超级粉丝"，名叫高鹗，比曹雪芹小四十三岁。曹雪芹去世时，他才五岁。

和其他"粉丝"一样，他也对《红楼梦》喜欢得不得了，也情不自禁地"玩"起了续写。

在众多续写中，高鹗的续写，从文字风格到情节设计，应该是水平最高的。当然，在很多"红学迷"看来，高鹗的续写也是"狗尾续貂"，差强人意。

张爱玲写过《红楼梦魇》，她说，《红楼梦》读到第八十一回，就感觉"天日无光，百般无味"。但无论怎样，有了高鹗续写的四十回，《红楼梦》终于实现了形式上的完整。

于是，1791 年，有个叫程伟元的出版商，将高鹗的四十回附在曹雪芹的八十回后，出版了一百二十回本的《红楼梦》，史称"程甲本"。这时，距离曹雪芹去世，已足足二十八年。

"程甲本"出版后很快售罄。1792 年，出版商将"程甲本"中的部分错误更正后再版，史称"程乙本"。

曹雪芹生前一定不曾料到,他去世二十八年后,他生前的"满纸荒唐言"不仅能够出版,还成了畅销书,且畅销了二百多年,并将一直畅销下去。

五

其实,我们今天谈论高鹗,不必拘泥于他续写的四十回到底有多大文学价值,而应看到,高鹗对《红楼梦》的最大贡献是通过续写实现了《红楼梦》形式上的完整,让《红楼梦》具备了出版的条件,从而使《红楼梦》从"手抄本时代"迈向了"印刷本时代",得以永久保存下来。

很难想象,如果没有印刷本,《红楼梦》还能流传至今吗?

资深红学家俞平伯说,程伟元、高鹗保全了《红楼梦》,有功。

中国红学会会长张庆善也说,《红楼梦》能够流传,高鹗是第一功臣。

今天的我们,能够读到《红楼梦》,确实不能忘记高鹗和程伟元。

六

文章千古事,得失寸心知。

曹雪芹生前,无疑是清苦、孤独的。他写《红楼梦》时,生活清苦，只能靠友人接济，划粥而食；精神孤独，除了"脂砚斋"等三五好友，几乎没有什么读者。

但无论多么清苦、孤独，他都不曾打消写书的决心，因为他看重的不是他人的认可，而是自己的心。

他在《红楼梦》的开篇中写道："今风尘碌碌，一事无成，忽念及当日所有之女子，一一细考较去，觉其行止见识皆出我之上……我虽不学无文，又何妨用假语村言敷演出来，亦可使闺阁昭传。"

曹雪芹"我手写我心"——用我的笔将我记得的那些人、那些事一一诉诸笔端，这是对那些人与事的一个交代，也对得起自己的初心。

蒋勋说，曹雪芹如果计较一时畅销与否，就不会用十年时间写一部没有写完的小说了。

七

历史有另一张畅销书的排行榜。

以一千年为计，一代又一代中国人在孜孜不倦地读《论语》《道德经》《红楼梦》《西游记》《三国演义》《水浒传》……它们才是真正的长盛不衰的畅销书。

司马迁在《史记·太史公自序》中写道，希望《史记》"藏之名山，副在京师，俟后世圣人君子"。

司马迁当时的心境，无疑是孤独的，却也是骄傲的。他在饱受摧残和凌辱之后，对功名利禄早已无欲无求，只希望能够找到理解他的同道中人。如果在当下找不到，那就等待后世的知己吧。

曹雪芹和司马迁，堪称跨越千年的知己。

焚一炷清香，向司马迁、曹雪芹们致敬，向经典致敬。

情感篇：人生若只如初见

此情可待成追忆

——宝黛之爱情绝唱

一

"妾发初覆额，折花门前剧。郎骑竹马来，绕床弄青梅。同居长干里，两小无嫌猜。"

有"诗仙"之誉的唐代诗人李白，于公元730年前后写下这首《长干行》时，一定不知道，在他身后一千多年，清朝才子曹雪芹用一生心血记录了如他诗中所言的一对小儿女的爱情绝唱。

这对小儿女，是贾宝玉和林黛玉。他们的爱情在一开始，正如李白在《长干行》中所写的"青梅竹马"，两小无猜，但最后世事弄人，只剩下无尽的悲凉。

纵观中国古典文学，那一对对才子佳人，能在青春岁月里遇见真爱，谈一场伟大的恋爱的，首推宝玉和黛玉。

在那样一个封建礼教森严的时代，他们为何有机会谈这场伟大的恋爱？这应归功于宝玉的姐姐贾元春，归功于她的省亲，归功于因她省亲而建的大观园。

大观园，是宝玉、黛玉等少男少女们的"青春王国"和"世外桃源"。在这里，他们度过了生命中最美的时光。

二

读懂了宝黛之恋，也就读懂了初恋的滋味。

据说人死后要走过一座"奈何桥"，喝下一碗"孟婆汤"，方能"忘"掉所有前尘往事，安心转世投胎。但有些记忆，或许太刻骨铭心，即便喝了"孟婆汤"，也无法彻底忘怀。有些人，来世相见时，仍会情不自禁、怦然心动。

和所有爱情故事中的男女主角一样，宝玉和黛玉第一次见面，就有一种从未有过的奇妙感觉。

"黛玉一见，便吃一大惊，心下想道：'好生奇怪，倒像在哪里见过一般，何等眼熟到如此！'宝玉看罢，也笑道：'这个妹妹我曾见过的。'"

那一年，宝玉七岁，黛玉六岁，都是乳臭未干、天真无邪的年纪。他们朝夕相处，亲密无间，在一个桌子上吃饭，一张床上睡觉。但凡丫头们想不到的，宝玉都替黛玉想到了。其亲密和气，自与他人不同。

经年随过，一晃如昨。曾经的小屁孩，渐渐到了情窦初开、芳心将许的年纪。不知不觉中，爱的种子，在宝玉和黛玉的心底悄然萌发。他们彼此欣赏，彼此牵挂，用了很多心思，流了很多眼泪，用宝玉的话说，"都弄了一身的病"。一路走来，有太多的点点滴滴，耐人寻味。

三

这一生，宝玉对黛玉说过许多情话。让黛玉最难忘的，有两句，一句是"你放心"，一句是"任凭弱水三千，我只取一瓢饮"。

黛玉一直对宝玉"不放心"。

宝玉十三岁、黛玉十二岁那年，十四岁的宝钗跟随母亲来到了贾府。从此，黛玉便如临大敌。一则宝钗才貌双全，家境优渥，是大家眼中公认的"三好学生"；二则宝钗身上戴的金锁，刻着"不离不弃，芳龄永继"八个字，和宝玉从娘胎里带来的美玉上那句"莫失莫忘，仙寿恒昌"，是天生一对；三则宝玉心里固然有妹妹，但只怕"见了姐姐，就忘了妹妹"。

于是，黛玉顾影自怜，深感她和宝玉固然有"木石前盟"，但在来势汹汹的"金玉良缘"面前，是否不堪一击？直到《红楼梦》第三十二回，宝玉明明白白地向黛玉表露心迹，让她"放心"。

那天，黛玉去怡红院找宝玉，刚好听到湘云和袭人在劝宝玉好好学些仕途经济的学问。宝玉心中不快，说："林妹妹从不说这样混账话，若说这话，我也和她生分了。"黛玉听了这话，不觉又喜又惊，又悲又叹。所喜者，果然自己眼力不错，素日认他是个知己，果然是个知己；所惊者，他在人前一片私心称扬于我，其亲热厚密，竟不避嫌疑；所叹者，你既为我之知己，自然我亦可为你之知己矣，既你我为知己，则又何必有金玉之论哉；所悲者，父母早逝，虽有铭心刻骨之言，却无人为我主张……

黛玉百感交集，一面拭泪，一面回去了。宝玉刚好出门，看见在前面边走路边拭泪的黛玉，赶紧追上前去，柔声问道："妹妹往哪里去？为何哭了？"黛玉强颜欢笑，说："好好的，何曾哭了。"宝玉笑道："你瞧瞧，眼睛上的泪珠儿未干，还撒谎呢。"一面说，一面禁不住抬起手来替她拭泪。良久，他鼓起勇气，说出了三个字："你放心。"黛玉听了，怔了半天，却故意说："我有什么不放心的？我不明白。"宝玉叹了一口气，问："你果不明白这话？难道我素日在你身上的心都用错了？连你的意思若体贴不着，就难怪你天天为我生气了。你皆因总是不放心的缘故，才弄了一身病。"黛玉听了，如轰雷掣电，心中有千言万语，却半个字也说不出来，只是怔怔地望着他，滚下泪来。

宝玉的"你放心"三个字，饱含着对黛玉的所有情深义重——他让黛玉对自己有信心，也要对他有信心。就像宝玉说的那样，"都道是金玉良缘，俺只念木石前盟"。或许，黛玉一直不知道，她在宝玉心中的地位，是独一无二、无可代替、无法撼动的。

大观园中，美丽的女子何其多，但宝玉明白，这世上最知他懂他的，唯有黛玉；只有黛玉，才是他真正的知己。

四

此心安处是吾乡。从此以后，黛玉真的"放心"了吗？

当敏感的黛玉遇到多情的宝玉，要让黛玉真正"放心"，注定不是一件容易的事。

曹雪芹在《红楼梦》的《引子》中写道："开辟鸿蒙，谁为情种？都只为风月情浓。趁着这奈何天，伤怀日，寂寥时，试遣愚衷。"整本《红楼梦》，其实都围绕着一个"情"字展开，特别是宝玉的"痴情"。

《红楼梦》第五回中，掌管情天恨海的警幻仙姑，称宝玉是"天下古今第一淫人"。宝玉听了，大吃一惊。仙姑解释说："你天分中自然生成一段痴情，吾辈推之为意淫。意淫二字，惟心会而不可口传，可神通而不可语达。"

当然，宝玉的"痴情"和"意淫"，绝非贾琏、薛蟠之流的好色，而是对世间所有美好事物的欣赏和懂得，包括美好的女子。

在以父亲贾政为代表的封建卫道士眼中，宝玉是"无故寻愁觅恨，有时似傻如狂。纵然生得好皮囊，腹内原来草莽。潦倒不通世务，愚顽怕读文章。行为偏僻性乖张，哪管世人诽谤"的"混世魔王"。但在大观园这个"女儿国"里，他是集三千宠爱于一身的"男神"，是活脱脱一个爱情至上主义者，一个我自护花赏花，任凭旁人去说的性情中人。

五

他堪称天下第一"暖男"。他爱林妹妹，牵肠挂肚，却不敢在她面前轻薄。他敬宝姐姐，可以谈笑风生，却也不敢造次。他亲近袭人，呵护晴雯，他慕鸳鸯，又悲金钏……仿佛眼前的所有女子，都与他有关，都是他在滚滚红尘中需要用心去呵护的。但他"百花丛中过，片叶不沾身"，在他内心深处，他的爱情，只属于黛玉一人。

可是，在黛玉看来，宝玉总是让人难以"放心"。

比如，那一日，宝玉看到宝钗雪白的酥臂上笼着一串鲜红的麝串，就不觉看呆了，直至被黛玉的手帕子甩到，才回过神来。如此种种，叫黛玉如何放心呢？

于是，宝黛之间的小别扭、小吃醋、小猜忌，隔三岔五就上演，直至宝玉说出那句经典的"任凭弱水三千，我只取一瓢饮"。

《红楼梦》前八十回中，贾母十分宠爱黛玉，只等两个"玉儿"再大一点，就将黛玉许配给宝玉。在高鹗续写的后四十回中，贾母对黛玉的态度有了根本转变。第九十一回，贾母、贾政、王夫人、王熙凤等一致认为，宝钗是宝二奶奶的最佳人选。

宝玉和黛玉似乎也感觉出了家族中异样的气氛，深感迷茫和不安。一个寻常的午后，宝玉和黛玉在潇湘馆中盘腿打坐，模仿佛家参禅的形式，以机锋表达彼此对爱情的忠贞不渝。

黛玉问道："我便问你一句话，你如何回答？"宝玉盘着腿，合着手，闭着眼，嘘着嘴道："讲来。"黛玉道："宝姐姐和你好，你怎么样？宝姐姐不和你好，你怎么样？宝姐姐前儿和你好，如今不和你好，你怎么样？今儿和你好，后来不和你好，你怎么样？你和她好，她偏不和你好，你怎么样？你不和她好，她偏要和你好，你怎么样？"

宝玉呆了半晌，忽然大笑道："任凭弱水三千，我只取一瓢饮。"黛玉紧追不舍："瓢之漂水奈何？"宝玉道："非瓢漂水，水自流，瓢自漂耳。"黛玉继续追问："水止珠沉，奈何？"宝玉道："禅心已作沾泥絮，莫向春风舞鹧鸪。"黛玉一脸认真道："禅门第一戒是不打诳语的。"宝玉从容不迫道："有如三宝。"这一刻，伶牙俐齿的黛玉，终于低头不语。

六

这段恋人之间的对话，今天看来犹如天书，让人云里雾里，丈二和尚摸不着头脑。翻译成现代白话，其实是这样的：对于黛玉"噼里啪啦"一长串问题，宝玉淡定地回答"宝钗的好与不好，都与我无关。世上美女虽多，但我心中只有你一个人"。

好家伙，这意思表达得够直接了。但黛玉仍要追问："你被别人扰乱得变心了，怎么办？"宝玉答："瓢和水没关系，我和别人也没关系。"黛玉问："如果我死了呢？"宝玉答："你若死了，我的心就像沾了泥的柳絮，再也飞不起来，谁招惹我都没用。"黛玉说："参禅是不能撒谎的。"宝玉答："我的决心就像佛、法、僧三宝那样坚定，千真万确，可以对天发誓。"要知道，这是二百多年前视自由恋爱为洪水猛兽的时代，宝玉竟对黛玉许下了如此赤裸裸、火辣辣的爱的誓言。宝玉对黛玉的爱之深、情之切，任何人都看得出来，难怪黛玉会害羞地低下头去，不再说话了。

弱水三千，虽取之不尽，用之不竭，但对我们每一个人来说，真正属于自己的，恐怕只有其中的一瓢。

宝玉和黛玉，都是有宿慧的人。他们当然明白"这一瓢"对彼此的意义。于茫茫人海中，访我唯一灵魂之伴侣，得之，我幸；不得，我命。

或许，我们会苛责宝玉过于多情。但站在宝玉的角度，设身处地想想，在那样一个男尊女卑、妻妾成群的时代，在那样一个莺莺燕燕、美女如云的大观园里，能像宝玉对黛玉这般一往情深、情比金坚，并非易事。

如果你不信，不妨穿越到那个时代，生活在大观园里，亲身体会一番。十之八九，不是贾琏，就是薛蟠罢了。

七

都说黛玉小心眼，爱吃醋，其实，那是因为她对爱情不自信和太投入。

当她明白了自己在宝玉心中的分量后，她才有了越来越多的安全感，并享受到了爱情的甜蜜。《红楼梦》中，随处可见宝玉和黛玉之间的甜蜜。

话说贾政和王夫人两口子，福气真不是一般的好，生个儿子宝玉，是"衔玉而生"；生个女儿元春，刚好正月初一。元春福大运大，贤孝才德，被选入皇宫后，深得皇帝宠爱，加封贤德妃。为了迎接元春回娘家省亲，贾府特地斥巨资建造了蔚为壮观的省亲别墅——大观园，欢迎元春回娘家小住一段时日。

元春回到皇宫后，觉得大观园空关着不免可惜，就让家中能诗会赋的妹妹们入住，不使"佳人落魄，花柳无颜"；又想到宝玉自幼在姊妹丛中长大，不比别的兄弟，若不进去，只怕他冷清了不畅快，也允许他一并入住。

在那个封建礼教可以杀人的时代，大观园是一个可以让人卸下面具活出自己的"桃花源"。特别是对厌恶"世事洞明皆学问，人情练达即文章"的宝玉来说，大观园更是他心驰神往的"神仙住的地方"。书中这样写道："别人听了还自犹可，宝玉听了，喜得无所不可。"

他赶紧跑去问黛玉："你住哪一处好？"黛玉笑说："我心里想着潇湘馆好，我爱那几竿竹子隐着一道曲栏，比别处更觉幽静。"宝玉拍手笑道："正和我的主意一样，我也要叫你住这里呢。我就住怡红院，咱们两个又近，又都清幽。"

从此，怡红院和潇湘馆，成了《红楼梦》中的"网红打卡地"。宝玉对黛玉的深情，绿了芭蕉，红了樱桃；黛玉对宝玉的思念，情寄绫罗帕，泪洒湘妃竹。

八

那一次，宝玉被父亲贾政往死里打了一顿，下半身一片青紫，四指宽的伤痕高高隆起，瘫倒在床。黛玉心如刀绞，急忙赶到怡红院，坐在宝玉床边，哭得气噎喉堵，"两个眼睛肿得桃儿一般"，抽抽噎噎地说："你从此可都改了罢。"

宝玉顾不得自己身上的疼痛，反而安慰黛玉说："虽然太阳落下去，但那地上的余热未散，走两趟又要受了暑。我虽然挨了打，并不觉疼痛……你不可认真。"

黛玉牵肠挂肚地去了，宝玉却一直牵挂着黛玉，怕她因为担心他而伤了自己的身子，就派晴雯去潇湘馆看看她在做什么。

晴雯说："白眉赤眼，做什么去呢？到底送件东西，或是取件东西，不然去了怎么搭讪？"宝玉沉思片刻，从枕边掏出两方半新不旧的手帕，说："她看到这个，自然知道。"

这两方手帕，不知宝玉用它替黛玉擦过多少泪。帕上的斑斑驳驳，都是他们之间的点点滴滴。

宝玉，就是那个一直给黛玉温暖的人。

聪慧如黛玉，自然明白这两方手帕的含义，不觉百感交集，可喜、可悲、可笑、可惧、可愧等诸般滋味，齐齐涌上心头。

她研墨蘸笔，在手帕上走笔写道："眼空蓄泪泪空垂，暗洒闲抛却为谁？……枕上袖边难拂拭，任他点点与斑斑。"

九

　　琼瑶笔下的爱情，往往爱得死去活来，太轰轰烈烈，太跌宕起伏，似乎不像真的。而宝黛之间的爱情，大多是平常日子里的点点滴滴，即使时光过去了二百多年，依然散发着温暖的光芒。

　　一日，在李纨的稻香村里，惜春为画大观园而烦恼。宝玉和众姐妹你一言我一语替她出主意，聊到兴头上，大家笑成一团。忽然，宝玉向黛玉使了个眼色，黛玉会意，走到里间，照了照镜子，原来是两鬓头发松了。对古代大家闺秀来说，头发必须梳得纹丝不乱，否则会让人觉得轻浮不自重。于是，黛玉忙打开李纨的妆奁，拿出抿子，对镜抿了两抿，收拾好了再走出来，对宝玉会心一笑。

　　这整个过程，宝玉和黛玉都没说一句话，却又似乎什么都说了。爱人之间的这种默契，让人怦然心动。

　　无独有偶，西汉时期的张敞，也和宝玉有几分相似。张敞是汉武帝时期的才子和名臣。他和妻子感情甚笃。妻子幼时受伤，眉角有一道疤痕。因此，他每天都要替爱妻画好眉毛，才去上朝。有好事者将此事告诉了汉武帝。于是，汉武帝在朝中当着大臣们的面问张敞。张敞坦然回答："闺房之乐，有甚于画眉者。"皇帝想想也有道理，便不再追问。从此，"张敞画眉"成为佳话。

　　如果宝玉能娶黛玉为妻，他定会效仿张敞，每天替黛玉画眉、抿发。小轩窗，正梳妆。浓情蜜意，尽在眼底眉梢。

十

宝玉是含着金汤匙出生的公子哥，自然视金钱如粪土，对身外之物向来大大咧咧，但唯独对黛玉所赠之物，分外小心，格外珍惜。

一日，宝玉外出，几个小厮将他拦腰抱住，向他讨赏。不等宝玉反应过来，就一个解荷包，一个解扇囊，将宝玉所佩之物尽兴解去。回到房中，心细如发的黛玉一眼看到他身上所佩之物一件无存，就不悦道："我给的那个荷包也给他们了？你明儿再想我的东西，可不能够了！"

不等宝玉解释，黛玉就一把拿起剪刀，将前日宝玉让她做的香袋也铰破了。

宝玉连忙解开衣领，从里面红袄襟上将黛玉所赠的那个荷包解了下来，递给黛玉道："你瞧瞧，这是什么！我哪一回把你的东西给人了？"黛玉这才明白冤枉了他，自悔莽撞，又愧又气，低头不语。

我一直觉得，黛玉的爱情其实有点"洁癖"，有一种"宁为玉碎，不为瓦全"的刚烈，刚烈到眼里容不得一点点瑕疵。这样的爱情，其实是很容易走向毁灭的。

黛玉是永远不会对宝玉说"对不起"的，即使错在她，也要宝玉赔不是，谁叫她是宝玉心中的"女神"呢？谁让宝玉那么爱她呢？果然，最后依然是以宝玉哄她开心而圆满收场。

在旁人看来，这样的爱，或许不讲理，不公平，但爱情从来就不需要讲理，也无法用公平去衡量。对恋爱中的人来说，或许吵架本身就是一种甜蜜。有计较，有赌气，说明有牵挂。等到没有什么架好吵时，感情大概已经淡得像白开水了吧。

十一

看一个男人是不是足够爱你，其实就是看你能否在他面前"小任性"，看他能否包容你的"小任性"。在宝玉面前，黛玉总是可以这样任性。

一日，贾府欢度元宵佳节。一向喜欢热闹的贾母，命令大家在大花厅上摆酒听戏，她带领荣宁二府众子侄、孙男、孙媳等享受天伦之乐。贾珍、贾琏等"玉"字辈的孙儿纷纷给长辈斟酒、敬酒，宝玉也要了一壶酒，为长辈和众姊妹一一斟酒，大家都笑着喝了。

不过，给黛玉斟酒时，黛玉却偏不喝。只见她端起酒杯，故意放到宝玉唇边，意思就是要宝玉替她喝。宝玉心里眼里只有黛玉，自然一饮而尽。黛玉笑说："多谢。"宝玉呵呵憨笑，似乎很享受这种"被虐"的滋味。

这对小情侣的打情骂俏，别人或许不留心，但眼尖的凤姐全看在了眼里。于是，她打趣道："宝玉，别喝冷酒，仔细手颤，明儿写不得字，拉不得弓。"宝玉憨憨的，没有听出凤姐的话外音，忙说:"没有吃冷酒。"凤姐笑道:"我知道没有,不过白嘱咐你。"

凤姐说的"冷酒",或许是指黛玉给宝玉的"冷脸孔"。可宝玉非但不觉得"冷",还赶紧巴巴地用"热脸孔"去贴呢。

十二

凤姐时时处处有意无意地打趣宝玉、撮合宝黛,其实是投贾母所好。

一日,在宝玉的怡红院中,众姊妹在一起说笑。凤姐问黛玉:"前儿我打发丫头送了两瓶茶叶去,你往哪去了?"黛玉笑道:"哦,可是倒忘了,多谢多谢。"凤姐打趣她:"你既吃了我们家的茶,怎么还不给我们家作媳妇?"众人听了,一齐笑起来。素来伶牙俐齿的黛玉,不禁红了脸,哑口无言。

古代婚恋仪式讲究"三茶六礼","三茶"是指下茶、定茶、合茶。求婚时叫"下茶";求婚成功,男方给女方家送彩礼,叫"定茶";结婚入洞房,夫妻共饮一杯茶,寓意为双方同甘共苦,叫"合茶"。因此,凤姐这个玩笑可真开大了,让待字闺中的大家闺秀真想找个地缝钻进去。

老实厚道的李纨忙出来打圆场,说凤姐真诙谐,黛玉"哼"了一声,说:"什么诙谐,不过是贫嘴贱舌讨人厌恶罢了。"凤姐笑道:"你给我们家作了媳妇,少什么?你瞧瞧,人物儿、门第配不上?根基配不上?家私配不上?哪一点还玷辱了谁呢?"黛玉脸上搁不住,抬身就走,宝钗忙站起来拉住她,说:

"颦儿急了，还不回来坐着，走了倒没意思。"

有意思的是，当大家准备告辞时，宝玉却叫住了黛玉，说："林妹妹，你先略站一站，我说一句话。"凤姐忙顺水推舟，向黛玉笑道："有人叫你说话呢。"说着，就把黛玉往里一推，自己和李纨等妯娌姑娘们先走了。

待屋里只剩宝黛二人时，宝玉拉着黛玉的袖子，只是嘻嘻地笑，心里有话，口里却说不出来。黛玉也禁不住涨红了脸，低头不语。正可谓，此时无声胜有声。

十三

凤姐虽然爱开玩笑，但绝非不知分寸乱开玩笑之人。

偌大的贾府，最懂贾母的，莫过于凤姐。如果凤姐没有揣摩清楚贾母的心思，是断不敢如此开玩笑的。更何况，这是当着众人的面，特别是当着心心念念想着"金玉良缘"、一心一意想成为宝二奶奶的宝钗的面。其中的深意，自然再明显不过了。

凤姐的这份底气，确实来自贾母。

贾母是金陵世勋史侯家的千金小姐，嫁给了荣国公的大儿子贾代善，是贾家"代"字辈中硕果仅存的一位老祖宗，荣宁二府的绝对权威，德高望重，江湖地位无可撼动。她年轻时候比凤姐还能干，如今安享晚年，含饴弄孙，诸事不管却又对一切了如指掌，尽显悠闲尊贵，一派老政治家的风范。

贾母有两块"心头肉"，一块是宝玉，一块是黛玉。

宝玉不仅"衔玉而生",而且正如贾代善的替身张道士说的那样,"形容身段,言谈举动,怎么就同当日国公爷一个稿子"。贾母也常感叹"我养这些儿子孙子,也没一个像他爷爷的,就只这玉儿像他爷爷",难怪她爱屋及乌,把宝玉疼成那样呢。

黛玉的母亲叫贾敏,是贾母的女儿。红学界认为,贾政、贾赦并非贾母所生,只有贾敏是她亲生的,所以格外宠爱。依据是贾政毒打宝玉时,贾母扶着丫头气喘吁吁地赶去劝架,说:"先打死我,再打死他,岂不干净了!"贾政躬身赔笑道:"大暑热天,母亲有何生气亲自走来?有话只该叫了儿子进去吩咐。"贾母听说,便止住步喘息一回,厉声说道:"你原来是和我说话!我倒有话吩咐,只是可怜我一生没养个好儿子,却教我和谁说去!"

对于贾母此处"只是可怜我一生没养个好儿子",我觉得有两种理解,一是确实没生过儿子,二是虽有儿子,但不是好儿子。不过,不管何种理解,有一点是肯定的,贾敏是贾母唯一的女儿。

贾敏花容月貌,聪明伶俐,才华横溢。总之,黛玉有多美好,贾敏就有多美好。可惜,贾敏出嫁后,跟随被皇帝钦点为巡盐御史的丈夫林如海去了苏州,和远在京城的娘家隔着千山万水。一则古代交通十分不便,二则古代认为"嫁出去的女儿泼出去的水",因此,贾敏出嫁后,虽然思母心切,却再没回过娘家。贾母对爱女的思念,可想而知。

更为不幸的是,没过几年,体弱多病的贾敏就早逝了,只留下了黛玉这一株独苗。白发人送黑发人,人生之悲痛,莫过于此。悲痛欲绝的贾母，担心林如海会续弦，黛玉会受气，就执意将黛玉接到自己身边。从此，她将对爱女的思念和疼惜，全都寄托在了外孙女黛玉身上。

六岁的黛玉告别父亲林如海，千里迢迢投奔贾府，第一次见到了白发苍苍的老外婆。祖孙相见，贾母将黛玉一把搂入怀中，心肝儿肉叫着大哭起来，呜咽着说："我这些儿女，所疼者独有你母。今日一旦先舍我而去，连面也不能一见，今见了你，我怎不伤心！"

安排黛玉的住处时，贾母要黛玉住在她身边，让一直跟她住的宝玉挪出来。谁不知道宝玉是贾母的心肝儿肉，现在黛玉来了，连宝玉都得让位。可见黛玉在贾母心中的分量，非常不一般。

因此，别跟贾母说什么黛玉的小性子、爱吃醋、说话尖酸刻薄等缺点了。只凭她是贾敏生的，是贾敏留在人间的唯一血脉，就足够贾母倾其所有去好好爱她了。

这也算是一个老人能为死去的女儿做的唯一一件事了。

十四

方才说的元宵佳节，大庭广众之下，当着这么多长辈和下人的面，宝玉喝了黛玉手里的一杯酒。这恩爱，真是"秀"得够高调，宝玉明摆着告诉大家："都道是'金玉良缘'，俺只念'木石前盟'。"

说实在的，宝黛这样当众打情骂俏，即使在今天看来，也是有些"失礼"的，更何况在那个讲究"父母之命、媒妁之言"、视"自由恋爱"如洪水猛兽的封建时代。宝玉或许无所谓，谁让他是太子爷呢，不用看人眉高眼低，爱咋样就咋样，反正没人敢拿他怎么样。但黛玉呢？其实是有损大家闺秀之清誉的。

贾府上上下下，将会传出多少闲言碎语？本就力挺宝钗的王夫人、薛姨妈等持"金玉良缘"论者，将会怎么评价黛玉？这一切，阅人无数的贾母，当然心知肚明。

表面上，她什么都没说，仿佛什么都没发生，但心里已经在谋划如何替这对"玉儿"扳回一局了。

机会来了。

听完了戏，婆子带了两个门下常走的女先儿进来说书。贾母问："近来可有添些什么新书？"女先儿回答："倒有一段新书，是残唐五代的故事，叫做《凤求鸾》。"贾母让女先儿说一下故事大概，女先儿就如此这般地说了一通，不外乎"才子佳人相见欢，私定终身后花园。落难公子中状元，奉旨完婚大团圆"的套路。于是，贾母借题发挥，对"才子佳人"有了一番评论。

贾母笑道："编这样书的，有一等妒人家富贵，或有求不遂心，所以编出来污秽人家。再一等，他自己看了这些书看魔了，他也想一个佳人，所以编了出来取乐。何尝他知道那世宦读书家的道理！别说他那书上那些世宦书礼大家，如今眼下真的，拿我们这中等人家说起，也没有这样的事，别说是那些大家子。可知是诌掉了下巴的话。"

　　贾母这番话，看似漫不经心、随口道来，其实是经过深思熟虑、字斟句酌的。她要强调的是，我们贾家没有这种不上路的才子佳人的事。如果有人说三道四，那就是"污秽人家"，或者故意编造取乐，皆是一派胡言。言下之意，宝玉和黛玉之所以有刚才喝酒的桥段，无非是因为他俩从小一处长大，玩闹惯了，不避嫌疑而已，绝非打情骂俏，暗生情愫。

　　贾母是荣宁二府的最高统治者，她说话向来一言九鼎。她说"没有"，就是"没有"，还有人敢说"有"吗？除非他和自己过不去，一个劲往枪口上撞罢了。贾母对宝玉、黛玉的护犊情深，明明白白写在了脸上。

　　这还不够。放鞭炮时，黛玉禀气虚弱，不禁"劈拍"之声，贾母就连忙搂她在怀内。夜深了，寒气逼人，贾母让大家挪进暖阁里地炕上取暖，自己西向坐了，让黛玉、宝琴、湘云三人紧依自己而坐，让宝玉挨着王夫人坐，让宝钗等其他姊妹在西边就座……

　　贾母对黛玉的宠爱和呵护，让其他姊妹除了羡慕，还是羡慕。

十五

　　贾母对宝黛的呵护，若不细细品味，无法深刻理解。

　　到了高鹗续写的后四十回，贾母对黛玉的态度有明显转变。考虑到高鹗的想法不能代表曹雪芹的原意，所以，我们只讨论前八十回。

第二十九回中，贾母带领荣宁二府众儿孙去清虚观打醮。曾当过荣国公替身的张道士，连忙跑到贾母跟前，为宝玉提亲。贾母听罢，明确答复："上回有和尚说了，这孩子命里不该早娶，等再大一大儿再定罢。你可如今打听着，不管她根基富贵，只要模样配得上就好，来告诉我。便是那家子穷，不过给她几两银子罢了。只是模样性格难得好的。"

贾母说这番话，并不是真的让张道士帮忙找孙媳妇，而是说给王夫人、薛姨妈、宝钗等人听的。仔细一琢磨，意思就很明显了。一则此时宝钗已进贾府多时，且有"金玉良缘"之说，贾母却还叫张道士打听一个"模样性格"都好的女孩子，这不是明摆着婉拒宝钗吗？二则贾母强调"不管她根基富贵"，言下之意，宝玉娶媳妇，看重的是人，而非家世家产，这就再一次力挺了双亲亡故、无依无靠的黛玉，婉拒了自诩"皇商"、家财万贯的宝钗。

贾母心目中的宝玉媳妇，毫无疑问，是黛玉。

或许，随着年岁增长，人终究会发现什么才是弥足珍贵的。贾母一生，亲历了这个家族的五代繁华，自己从孙媳妇做起，直至有了曾孙媳妇。一生修炼，只为世事洞明，人情练达。但内心深处，她越来越感到，这世上，什么都是浮云，唯真情最可贵。

在她看来，从小"一桌子吃饭，一床上睡觉"、青梅竹马、两小无猜的宝玉和黛玉，是天造地设的一对。至于"金玉良缘"，无非是王夫人、薛姨妈等人有意炒作的"概念股"和"小心机"，不值一提，完全可以一笑了之。

那么，问题来了，贾母为何迟迟不对宝黛姻缘给个说法呢？为何要对张道士说宝玉"命里不该早娶"？其实，这正是贾母的高明之处。她在等待一个合适的时机。

十六

贾母也有她的难处。最大的难处，是宝玉的母亲王夫人一心认定的，不是黛玉，而是自己妹妹的女儿宝钗。

贾、史、王、薛是当时的四大家族。有护官符云："贾不假，白玉为堂金作马。阿房宫，三百里，住不下金陵一个史。东海缺少白玉床，龙王来请金陵王。丰年好大'雪'，珍珠如土金如铁。"

因此，贾母对王夫人、薛姨妈的想法，还是有所顾忌的，不能直截了当地拒绝。与此同时，只要贾母不点头，王夫人也不敢贸然提出让宝玉娶宝钗，否则就会背上不孝的罪名。于是，双方势均力敌，相持不下。

贾母阅尽千帆、阅人无数，她的策略是一个字——"等"。反正，宝钗的年纪比宝玉、黛玉都大，看谁熬得过谁呢。

第二十二回中，王熙凤和贾琏商量："昨儿听见老太太说，问起大家的年纪生日来，听见薛大妹妹今年十五岁，虽不是整生日，也算得将笄之年，老太太说要替她作生日。"古代女子一般到了十五岁，要举行一个笄礼。由女子的母亲将她的头发盘起，插上一根簪子，表示她已成年，可以出嫁了。宝钗已过十五岁生日，宝玉才十四岁，黛玉才十三岁。所以，宝钗是"等"不起的。

贾母的"等待"，还有一层用意，是要等宝玉和黛玉长大。

她深知，宝玉不通世情，黛玉不谙世故。这两个没心没肺的孩子，身处这个世态炎凉的世界，难免会受到伤害。她能做的，就是拼上最后的力气，再替他们遮一点风，挡一点雨，希望假以时日，他们能快快成熟起来。

可是，贾母的一片苦心，两个"玉儿"未必能够体会。不说他俩在公开场合高调"秀恩爱"，给老祖宗出难题，单说他俩三天两头赌气哭闹，就让贾母头痛不已，顿足长叹道："真是两个不能省心的小冤家啊。"

还是那次在清虚观打醮，话说那个给宝玉说媒的张道士，为了奉承宝玉，特地巴巴地送他一盘道观里的玉器、金器、银器等小玩意儿。宝玉对这些从来都没啥兴趣。不过，一个赤金点翠的麒麟倒是引起了他的注意，他觉得有几分眼熟。一旁的宝钗提醒他："史大妹妹有一个，比这个小些。"于是，宝玉就将金麒麟揣在怀里，准备等湘云来贾家做客时送给她。宝玉的这点小心思和小动作，还是逃不过眼尖心细的黛玉。黛玉一向对"金玉良缘"很敏感，如今又冒出一个"金麒麟"，心中自然不快。

原本在清虚观打醮是一连几天的。但第二天，宝玉因张道士的提亲而心中大不受用，不肯再去清虚观。黛玉因有些中暑，也懒得去了。两人都在大观园中歇息。

宝玉见黛玉病了，心里着急，饭也懒得吃，不时来问。黛玉心里知道他关心她，嘴上却说："你只管看你的戏去，在家里作什么？"宝玉心想："别人不知道我的心还可恕，连你也奚落起我来。"心中很是烦恼，闷闷地说："我白认得了你。罢了，罢了！"黛玉听说，便冷笑了两声："我也知道白认得了我，哪里像人家有什么配得上呢。"

黛玉说这句话，明显是为宝钗的金锁和湘云的金麒麟吃醋了。但她忘了，宝玉前几天刚对她赌咒发誓过："除了别人说什么金什么玉，我心里要是有这个想头，天诛地灭，万世不得人身！"

果然，宝玉听了这话，就向前一步，直问到黛玉脸上："你这么说，是安心咒我天诛地灭？昨儿还为这个赌了几回咒，今儿你到底又准我一句。我便天诛地灭，你又有什么益处？"

黛玉一闻此言，方知自己说错了，又是着急，又是羞愧，便战战兢兢地说："我要安心咒你，我也天诛地灭。何苦来！我知道，昨日张道士说亲，你怕阻了你的好姻缘。你心里生气，来拿我煞性子。"

黛玉这句话，无疑是火上浇油。果然，听到黛玉口中说出的"好姻缘"三个字，一向对黛玉伏低做小、低声下气的宝玉，这次彻底爆发了。

他赌气向颈上抓下通灵宝玉，咬牙恨命往地下一摔："什么捞什骨子，我砸了你完事！"黛玉见他如此，早已哭起来，说道："何苦来，你摔砸那哑巴物件，有砸它的，不如来砸我。"心里一烦恼，刚才吃的香薷饮解暑汤就"哇"的一声，都吐了出来。

唉，这两个"玉儿"，老祖宗对你们的一片苦心，你们若能懂得千分之一，就不会这样"折腾"了。

十七

爱之深，责之切。或许，越是相爱，就越计较自己在对方心中的分量。宝玉和黛玉，就是在这样的爱恨纠缠中，反复求证自己在对方心中的分量。

为了"好姻缘"三个字，宝玉和黛玉大闹了一场，第二天还打起了"冷战"。恰好薛蟠过生日，要摆酒唱戏，来请贾府诸人前去热闹热闹。正为这对小冤家发愁的贾母，以为两人趁此机会见了面，自然就会和好。没想到，他俩都借故不去。这下，贾母急得抱怨说："我这老冤家是哪世里的孽障，偏生遇见了这么两个不省事的小冤家，没有一天不叫我操心。真是俗语说的'不是冤家不聚头'。几时我闭了这眼，断了这口气，凭着这两个冤家闹上天去，我眼不见心不烦，也就罢了。偏又不咽这口气。"说着说着，忍不住老泪纵横。

为了成全宝黛姻缘，贾母硬是挡住了来势汹汹的"金玉良缘"。一心希望两个"玉儿"和和气气、顺顺利利，这两个人却三天两头一会儿热战，一会儿冷战，贾母能不伤心吗？没想到，贾母的这句"不是冤家不聚头"，倒是犹如当头一记棒喝，让宝玉、黛玉瞬间醍醐灌顶，若有所悟。

他们一个在怡红院对月长吁，一个在潇湘馆临风洒泪，两人都像参禅悟道一般，细嚼其中滋味，不觉潸然泪下。

百年修得同船渡，千年修得共枕眠。这世间的一切相遇，其实都是久别重逢。只不过，那一别，可能在前世。

宝玉和黛玉，不知为彼此用过多少心，伤过多少神，流过多少泪。他们是彼此的"冤家"，也是彼此的"意中人"。一句"冤家"，胜过所有的"金玉良缘"。

从此以后，黛玉的心，终于笃定了。

十八

可是，宝玉和黛玉的爱情，始终面临着一个"敌人"。这个敌人，不是宝钗，不是湘云，而是黛玉的病。

黛玉的病，从现代医学来看，小时候是体质虚弱，长大后可能是感染了肺结核。黛玉的母亲贾敏，也是体弱多病，英年早逝。受母亲的基因影响，黛玉从小就弱不禁风。她六岁进贾府时，贾母见她身体面庞怯弱不胜，便知她有不足之症，心疼地问她："常服何药，如何不急为疗治？"黛玉说："我自来如此，从会吃饮食时便吃药，到今日未断，请了多少名医修方配药，皆不见效……如今还是吃人参养荣丸。"

如果吃人参养荣丸就能调理好黛玉的身体，那就好办了。可是，即使贾母常年用人参养荣丸、上等燕窝等滋补佳品为黛玉调理，依然收效甚微。其实，黛玉的病，除了先天不足，更多的，还和性格有关。

中医理论认为，人的七情六欲和五脏六腑，有着一一对应的微妙联系。所谓"七情"，是指喜、怒、忧、思、悲、惊、恐等七种情绪。无论什么情绪，如果过度，都对身体不利，有道是"喜伤心，怒伤肝，恐伤肾，思伤脾，惊伤胆，悲忧伤肺"。对于多愁善感的黛玉来说，即使天天吃补品，这身体恐怕也是不容易养好的了。而且，因为长期体质虚弱，黛玉不幸感染了肺结核。

第三十四回中写道，一个夜深人静的晚上，黛玉看着宝玉送她的两块旧手帕，感慨万千，辗转难眠，于是披衣下床，在手帕上提笔写诗。写完搁笔，顿觉"浑身火热，面上作烧"。走至镜台，揭起镜袱一照，只见"腮上通红"。

作者说，黛玉自羡压倒桃花，却不知病由此萌。由此可见，黛玉已出现肺结核的症状。

第四十五回中写道，"黛玉每岁至春分秋分之后，必犯嗽疾，今秋又遇贾母高兴，多游玩了两次，未免过劳了神，近日又复嗽起来，觉得比往常又重，所以总不出门，只在自己房中将养"。宝钗来看望黛玉，问起她的病，黛玉叹道："不中用。我知道我这样病是不能好的了。且别说病，只论好的日子我是怎么形景，就可知了。'死生有命，富贵在天'，也不是人力可强的。今年比往年反觉又重了些似的。"说话之间，已咳嗽了两三次。

那个年代，得了肺结核，恐怕就被判处死刑了。英年早逝，或许注定是黛玉的宿命。中医擅长调理体质，防患于未然，但也有其短板，那就是对细菌性、病毒性疾病基本束手无策，而这恰好是西医的长项。

不用说在黛玉所处的十八世纪，即使到了清朝末年，鲁迅父亲得了重病，依然没有好的西医和西药，只能求助于中医。没想到，中医开出的"药引子"，竟然是"一对原配蟋蟀"。当然，这个玄乎的"药引子"，终究没能治好鲁迅父亲的病。

同样，黛玉得了此病，要想彻底治好，也是不可能了。她在人间的每一天，都像是向老天借来的，稍纵即逝。人的身体和心情，是互相影响的。身体不好，心情往往也不好，"感怀伤时花亦落，魂牵梦萦醒更寒"；心情不好，又会反过来损害身体。黛玉就是在这样的恶性循环中，一步步走向身体的完全毁灭。

十九

自始至终，宝玉一直是黛玉身边最知冷知热的人。

一个冬日的午后，宝玉照例又去潇湘馆看黛玉。那个年代，没有电话，没有手机，无法发短信、发微信，无法用QQ软件聊天。恋人之间，纵然千般思念，也只能这样每天见上几面，说上一会儿话。

这天，宝钗、宝琴、岫烟等姊妹都在黛玉房里，四人围坐在熏笼上叙家常。宝玉一进屋就笑道："好一幅'冬闺集艳图'！"说着，就坐在一张黛玉常坐的搭着灰鼠椅搭的椅上。黛玉房中有一盆单瓣水仙，宝玉夸赞："好花！这屋子越发暖，这花香越清香。"黛玉说："我一日药吊子不离火，我竟是药培着呢……

这屋子里一股药香，反把这花香搅坏了。不如你抬了去，这花也清净了，没杂味来搅它。"宝玉笑纳，临走时，他让姊妹先行，自己故意落后，凑到黛玉身旁轻声问道："如今的夜越发长了，你一夜咳嗽几遍？醒几次？"宝玉对黛玉的关切和疼惜，由此可见一斑。黛玉道："昨儿夜里好了，只嗽了两遍，却只睡了四更一个更次，就再不能睡了。"黛玉心血不足，常常失眠。一年之中，能睡足好觉的，大概不超过十夜。

还有一个深秋的傍晚，秋霖脉脉，阴晴不定。黛玉喝了两口稀粥，歪在床上。外面淅淅沥沥下起雨来，兼着那雨滴竹梢，更觉凄凉。黛玉悲从中来，仿唐代大诗人张若虚的《春江花月夜》，写了一首《秋窗风雨夕》：秋花惨淡秋草黄，耿耿秋灯秋夜长。已觉秋窗秋不尽，那堪风雨助凄凉……一共二十句，以"不知风雨几时休，已教泪洒窗纱湿"结尾，字里行间隐隐透着黛玉的伤悲。

写罢搁笔，准备安寝时，宝玉头戴箬笠，身披蓑衣，冒雨来到了潇湘馆。黛玉见他这副打扮，不觉笑道："哪里来的渔翁！"宝玉忙问："今儿好些？吃了药没有？今儿一日吃了多少饭？"一面说，一面摘了笠，脱了蓑衣，一手举灯，一手遮住灯光，向黛玉脸上照了一照，觑着眼细瞧了一瞧，笑道："今儿气色好了些。"

宝玉的这一连串动作，实在是体贴入微。很难想象，在那样一个男尊女卑、男人动辄妻妾成群的时代，从小被众星拱月般伺候长大的富贵公子哥，竟能如此心细如发地关心、照顾心上人的饮食起居。

　　不用说是宝玉那个时代，就是在民国时期，让公子哥照顾妻子，也实属不易。被誉为"最贤的妻、最才的女"的杨绛，在《我们仨》中写道，她和钱钟书在欧洲留学时，喜得爱女圆圆。她坐月子时，钱钟书亲自洗手做羹汤，为她炖了鸡汤，还剥了碧绿的嫩蚕豆瓣，煮在汤里，端给她吃。尽管笨手笨脚，但杨绛依然惊喜万分，感叹说如果钱家人知道他们的"大阿官"竟能这般伺候产妇，不知该多么惊喜。

　　黛玉看那蓑衣斗笠十分细致轻巧，不像寻常市卖的，就问宝玉："是什么草编的？怪道穿上不像那刺猬似的。"宝玉道："是北静王送的。你喜欢这个，我也弄一套来送你。别的都罢了，惟有这斗笠有趣，上头的这顶儿是活的，冬天下雪，戴上帽子，就把竹信子抽了，去下顶子来，只剩了这圈子。下雪时男女都戴得，我送你一顶，冬天下雪戴。"黛玉笑道："我不要它。戴上那个，成个画儿上画的和戏上扮的渔婆了。"

　　黛玉刚说出"渔婆"二字，就想到刚才说宝玉是"渔翁"，顿时羞得脸颊飞红，伏在桌上嗽个不住。宝玉倒不留心，只顾和黛玉说话。黛玉说："谢你一天几次来瞧我，这会子夜深了，你回去罢，明儿再来。"宝玉说："你想吃什么，告诉我，我明儿一早回老太太，岂不比老婆子们说得明白？"黛玉笑道："等我夜里想着了，明儿早起告诉你。你听雨越发紧了，快去罢。"宝玉这才依依不舍地去了。

　　真正的深情，不一定是惊风雨、泣鬼神，也不一定是海誓山盟、海枯石烂，而是平常日子里的一粥一饭、嘘寒问暖。

　　《古诗十九首》之一《行行重行行》中写道："思君令人老，

岁月忽已晚。弃捐勿复道，努力加餐饭。"一个女子将对远征在外的丈夫的全部思念，轻轻化为这句"努力加餐饭"。她叮嘱丈夫多吃一点，保重身体，期待夫妻重逢的那一天。

或许，情到深处，轻轻说出的那句话，反而只是淡淡的了。宝玉那句"今儿一日吃了多少饭"，个中滋味，或许只有相爱的人才能体会。那一滴将落未落的眼泪，那一份内敛克制的深情，何尝不胜过千言万语呢？

二十

曹雪芹写《红楼梦》，写到第八十回《美香菱屈受贪夫棒，王道士胡诌妒妇方》时戛然而止。宝黛爱情，何去何从？终成千古之谜。

曹雪芹于 1763 年去世后，他的八十回《红楼梦》以手抄本的形式流传于坊间。二十八年后，1791 年，有个叫高鹗的才子续写《红楼梦》，写了《苦绛珠魂归离恨天，病神瑛泪洒相思地》，给宝黛爱情画上了一个让人唏嘘的句号。

如果曹雪芹亲自写后面的故事，宝黛将是怎样的结局？这个问题，让一代又一代"红迷"猜了二百多年，却一直无法猜透。

其实，曹雪芹就像一个预言大师。在前八十回中，他草蛇灰线，伏脉千里，有意无意地暗示了宝黛的结局——黛玉无缘嫁给宝玉，不是因为宝钗，而是因为自己的病。

最大的暗示，是绛珠草的"还泪"之说。

　　《红楼梦》开篇讲了一个神话。在西方灵河岸上三生石畔，有一株绛珠草，快要枯死了。幸好有一个赤瑕宫的神瑛侍者，每天都用甘露灌溉它。于是，绛珠草活了下来。后来，在天地精华和雨露的滋养下，绛珠草脱胎换骨，修成了一个女身，名唤绛珠仙子。她终日徘徊在离恨天外，饿了，就吃蜜青果；渴了，就喝灌愁水。因为一直没有机会报答神瑛侍者的灌溉之恩，绛珠仙子的五脏六腑中郁结了一段缠绵不尽之意。听说神瑛侍者动了凡心，要去红尘走一遭时，她也赶紧到警幻仙姑案前挂号。警幻仙姑不解，问："你尾随神瑛侍者而去，所为何来？"她说："他是甘露之惠，我并无此水可还。他既下世为人，我也去下世为人，但把我一生所有的眼泪还他，也偿还得过他了。"于是，警幻仙姑同意两人一起下凡，分别投胎于贾家和林家，成了贾宝玉和林黛玉。

　　宝玉总是对黛玉说："都道是'金玉良缘'，俺只念'木石前盟'。"所谓"木石前盟"，就是宝玉与黛玉的仙缘。"木"，就是那棵奄奄一息的绛珠仙草；"石"，就是那块"无才可去补苍天"的顽石。

　　"甘露之恩，当泪水相报"。投胎为人的黛玉，从小就有不足之症。她三岁那年，来了一个癞头和尚，他对黛玉父母说，这个孩子只有出家了才能平安。林如海夫妇膝下只有这样一个宝贝女儿，哪里舍得呢！和尚无奈，只好说："既舍不得她，只怕她的病一生也不能好的了。若要好时，除非从此以后总不许见哭声。除父母之外，凡有外姓亲友之人，一概不见，方可平安了此一世。"

可是，黛玉从小多愁善感，有事没事都会哭上几回，怎能不见哭声呢？而且，没过几年，母亲去世，黛玉孤身一人去投靠外婆家。因此，癞头和尚说的话，她一句都没做到。

六岁的黛玉见到了七岁的宝玉，两个前世有仙缘的人，终于在人间相遇了。

在和宝玉耳鬓厮磨、朝夕相处的日子里，即使集贾母和宝玉的"三千宠爱于一身"，娇花照水、弱柳扶风的黛玉，始终泪光点点。伤心时，流泪；生气时，流泪；猜疑时，流泪；高兴时，还是流泪。黛玉"无事闷坐，不是愁眉，便是长叹，且好端端的不知为了什么，常常的便自泪道不干似的。先时还有人解劝，怕她思父母，想家乡，受了委屈，只得用话宽慰解劝。谁知后来一年一月的竟常常如此，把这个样儿看惯，也都不理论了"。

还是《枉凝眉》说得好："一个是阆苑仙葩，一个是美玉无瑕。若说没奇缘，今生偏又遇着他。若说有奇缘，如何心事终虚化？一个枉自嗟呀，一个空劳牵挂。一个是水中月，一个是镜中花。想眼中能有多少泪珠儿，怎经得秋流到冬，春流到夏……"

然而，到了第四十九回《琉璃世界白雪红梅，脂粉香娃割腥啖膻》，黛玉的眼泪，渐渐少了。那天，她看到宝钗和宝琴在一起玩耍，想到自己没有同胞姊妹，不免又哭了。宝玉忙劝道："你又自寻烦恼了。你瞧瞧，今年比旧年越发瘦了，你还不保养。每天好好的，你必是自寻烦恼，哭一会子，才算完了这一天的事。"黛玉一边拭泪，一边说："近来我只觉心里酸痛，眼泪却像比旧年少了些。"宝玉安慰她说："这是你哭惯了心里疑的，岂有眼泪会少的。"

其实，这是作者在暗示，来人间"还泪"的黛玉，即将泪尽。泪尽之时，恰如油尽灯枯，就是她离开人间，重返仙界之日。

二十一

绛珠仙子来到人间，是为了"还泪报恩"。因此，高鹗写黛玉含恨而亡，并不符合曹雪芹的本意。

如果黛玉含恨而亡，回到太虚幻境，怎么向警幻仙姑交代呢？难道她说："不好意思，我眼泪还过头了，如今轮到神瑛侍者欠我了。改天再一起投胎，让他还我泪来。"

其实，在宝玉对黛玉说了"你放心""任凭弱水三千，我只取一瓢饮"等深情的话后，黛玉对宝玉已经没有当初的猜忌和醋意了。当她离开人世时，对宝玉是带着微笑的。因为，该还的泪，已还清；该了的情，也已了。这一生，黛玉可以无憾。

当代"红学泰斗"周汝昌先生推断，按照曹雪芹的本意，最终，黛玉应该是病重投湖而死。八十回后，贾母去世，凤姐病倒，宝玉因家事而获罪拿问，整个贾家已一片破败，"树倒猢狲散"。病情越来越重的黛玉，在一个月光清冷的夜晚，带着对杳无音信的宝玉的思念，独自来到当年和湘云联诗的水潭边。

当年，湘云吟"寒塘渡鹤影"，黛玉对"冷月葬花魂"。湘云感叹："诗固新奇，只是太颓丧了些。你现病着，不该作此过于清奇诡谲之语。"不料，一语成谶。"冷月葬花魂"，竟成了黛玉的最终归宿。

而这一切，都和宝钗无关。这是宝玉和黛玉才懂的"小秘密"。正如他们第一次相见时就惊呼"似曾相识"那样，冥冥之中，他们相信，此生这样相爱，一定因为前世也曾这样爱过。

这一生，能被宝玉这样爱过、疼过、知过、懂过，黛玉足矣。

二十二

沉浸在宝黛的故事中久了，越来越觉得，人与人之间，无论是做夫妻，还是做朋友，性格可以不同，甚至完全相反，一动一静，一急一缓，一快一慢，其实都没什么，但世界观、价值观、人生观这"三观"必须一致，这样才能携手同行，一起看一生的风景；否则，即使曾经走得很近，最终还是会分道扬镳。

所以，从这个角度来看宝黛之恋，就会明白，宝玉从来没有将黛玉和宝钗放在同一个天平上去比较。因为他和黛玉"三观"一致，是同一个世界的知己；而与宝钗，因为"三观"不同，就仿佛永远隔着一条鸿沟。即使宝玉偶尔觉得宝姐姐肌肤丰泽，雪白一段酥臂像杨贵妃，幻想如果长在林妹妹身上该有多好，但那也只是少年在青春期里一瞬间的感官刺激而已。

宝玉其实是一个悲观主义者。他对世间一切美好生命的离去，都有一种虚无感和恐惧感。他爱这世间的花草鸟兽，爱身边灵秀清妙的女子，成了痴，入了魔。

他天真清澈，"大观园试才题对额"时，他的敏捷才思，跃然纸上。但世俗世界却用"功名利禄"的标签，斥责他不求上进。在"假道学"的父亲眼里，他永远是一个不成才的"孽障"。

只有黛玉能读懂宝玉。她读懂了宝玉看似浮花浪蕊背后的悲凉、依恋和执着。宝黛之恋，是没有早一步，也没有晚一步的"缘定三生"，是于千万人之中遇见彼此的"木石前盟"，是在时间的无涯的荒野里"千红一哭，万艳同悲"的惺惺相惜。

这辈子，遇见爱，遇见性，都不稀奇，最难的是遇见知己。

佳偶易得，知音难觅。对宝玉和黛玉来说，人生得一知己，足矣。

用对的礼物，送对的人

一

古往今来，会哄女孩的男人不少，但最懂女孩心思的，我以为非宝玉莫属。他能从万千礼物中，一眼挑出两方旧手帕。然后，就那样轻而易举地俘获了一向骄傲的黛玉的心。

二

那一次，宝玉被父亲贾政往死里打了一顿，下半身一片青紫，四指宽的伤痕高高隆起，瘫倒在床。

黛玉心痛如绞，坐在宝玉床边，哭得气噎喉堵，两个眼睛肿得桃儿一般，抽抽噎噎地说："你从此可都改了罢。"

宝玉顾不得自己的疼痛，反而安慰黛玉说："虽然太阳落下去，但那地上的余热未散，走两趟又要受了暑。我虽然挨了打，并不觉疼痛……你不可认真。"

黛玉牵肠挂肚地去了，宝玉却一直牵挂着黛玉。他知道，她必定在潇湘馆中为他伤心垂泪。若是平日，他"定要打叠了千般百样的温柔去劝慰"，可偏偏此刻，身子一点都动弹不得。

宝玉担心黛玉哭坏了身子，就让晴雯去潇湘馆看看黛玉。

晴雯说，这白眉赤眼地跑过去怎么搭讪呢？宝玉觉得也是，可又实在想不出说什么话合适。

晴雯建议他拿个东西当由头。宝玉沉思片刻，从枕边掏出两方半新不旧的手帕，让晴雯带给林妹妹。

一向毛躁的晴雯担心地说："万一林姑娘认为你是打趣她，恼了怎么办？"

宝玉笑道："她看到这个，自然知道。"

三

明代著名剧作家冯梦龙选辑的《山歌》卷十中有首题为《素帕》的诗："不写情词不写诗，一方素帕寄相思。请君翻覆仔细看，横也丝来竖也丝。"

古代的手帕大多是用真丝织的，"丝"和"思"同音。因此，赠爱人手帕，其实就代表对爱人的一片相思。

宝玉仿佛借着手帕对黛玉说："我一直想着你，即使我的身子不在你身边，心神也时刻在你左右。"正如他曾经对黛玉说的——"便是死了，魂一日也要来一百遭"。

果然，聪慧如黛玉，看着这两方带着宝玉体温和气息的手帕，不由心醉神痴。

这两方留有她的泪痕的手帕，胜过世间所有礼物，深深打动了一向心高气傲、连薛姨妈送的限量版最新款宫花都不入眼的黛玉的心。

黛玉总是担心宝玉"见了姐姐，忘了妹妹"，宝玉总是安慰她："衣不如新，人不如旧。亲不间疏，先不僭后。"

如今，宝玉再次借助这两方旧手帕，向黛玉暗示他待她之心。他俩从小"一床睡觉，一桌吃饭"的青梅竹马之情，是其他任何人都无法代替和分享的。

不是每一段爱情，都有这样电光火石、莫逆于心的一闪，宝玉和黛玉是幸运的，他们懂得彼此的心意。

四

说到底，女人是一种感性的动物。

礼物的价值，从来不在于礼物本身，而在于送她礼物的那个人是否用了心。

如果用了心，世间万物，都可以传情；否则，即使香车宝马，也未必达意。

当宝玉说"她看到这个，自然知道"时，他的神情，一定是自信的。因为他相信他的林妹妹能从那方枕边的旧手帕中，读懂他所有的情深义重。

能像黛玉这样读懂对方的，还有金庸笔下的俏黄蓉。

六神磊磊写过一篇文章，题目是《有一种惊喜，叫身边有个不浪漫的人》。见惯世间稀世珍宝的黄蓉，竟被郭靖的一个小小礼物感动得稀里哗啦。

这是什么神奇的礼物呢？其实，只是一包点心，且是一包打烂了的点心。

那一次，小王爷杨康送郭靖一包点心。郭靖见很精致，想到"黄蓉贤弟爱吃"，便揣了一包在怀里。不料接下来他迭遇强敌，又是打架，又是逃命，等掏出来给黄蓉时，一包点心早已经"或扁或烂，不成模样"。

郭靖的第一反应是害臊，就像所有惊觉礼物拿不出手的男人一样，"红了脸，道'吃不得了！'拿起来要抛入湖中"，黄蓉却红了眼圈，又惊喜又感动，回答了三个字："我爱吃。"

她边吃边哭，还拿出雪白的手帕，把剩下几块烂点心仔细包好，"回眸一笑，道'我慢慢地吃'"。

五

爱之道无他：用对的方法，爱对的人；用对的礼物，送对的人。

如果你遇到了一个会用"对的礼物"送你的人，那么，请一定珍惜。懂你，是爱的最高境界。

村上春树说："你要记得那些黑暗中默默抱紧你的人，逗你笑的人，陪你彻夜聊天的人，坐车来看望你的人，陪你哭过的人，在医院陪你的人，总是以你为重的人，带着你四处游荡的人，说想念你的人……是这些人组成你生命中一点一滴的温暖。"

"花，静静地绽放，在我忽然想你的夜里。多想告诉你，我其实一直都懂你。"

黛玉那晚在宝玉送的两方旧丝帕上写诗时的心情，大抵如此吧。

化作春泥更护花

一

很少看到一个男人对红色如此钟情，直到看见《红楼梦》中的贾宝玉。

宝玉爱一切红色的美好的东西，尤其是胭脂。

宝玉爱胭脂，一周岁时就有了征兆。

贾政为了试试宝玉将来的志向，特地在宝玉一周岁时，搞了一个"抓周"仪式。谁知宝玉看了半天，笔墨纸砚一概不要，只是拼命去抓脂粉钗环。

贾政大怒，说："将来酒色之徒耳！"从此，对宝玉极为不满。

其实，一周岁的孩子抓什么，当然代表不了他将来的志向。父母为了让孩子抓代表好学上进的笔墨纸砚，会故意将笔墨纸砚放在孩子近处，无非讨个好彩头罢了。

二

不过，宝玉爱红色，倒是不争的事实。

黛玉进贾府，第一次见到从庙里还愿回来的宝玉时，只见他从上到下，从头到脚，一片红色。

"头上周围一转的短发，都结成小辫，红丝结束……身上穿着银红撒花半旧大袄，仍旧带着项圈、宝玉、寄名锁、护身符等物。下面半露松花撒花绫裤腿，锦边弹墨袜，厚底大红鞋"。他的住处，叫作"怡红院"。他最津津乐道的别名，是"怡红公子"。

三

如果说宝玉爱"红"，旁人还可以理解，因为红色喜庆吉利，但宝玉爱吃胭脂的癖好，大家就真的看不明白了。

《红楼梦》中多次提到宝玉爱吃胭脂。

比如，有一次，宝玉在贾母的贴身丫头鸳鸯面前，猴上身去，涎皮笑道："好姐姐，把你嘴上的胭脂赏我吃了罢。"一面说着，一面扭股糖似的粘在鸳鸯身上。

有一次，王夫人的贴身丫头金钏拉住宝玉，悄悄笑道："我这嘴上是才擦的香浸胭脂，你这会子可吃不吃了？"

还有一次，湘云替宝玉梳头。宝玉看到镜台两边都是妆奁等物，就顺手拿起来赏玩，不觉又顺手拈了胭脂，想吃，却又怕湘云说。正犹豫间，湘云果然看见了，伸手来"啪"的一下，将宝玉手中的胭脂打落，说道："这不长进的毛病儿，多早晚才改过！"

这里要声明一下，宝玉吃的胭脂，不是现在商场里卖的动不动铅汞超标的口红，而是用植物做成的纯天然、零添加、真正可以吃的化妆品。

四

宝玉不仅爱吃胭脂，还爱亲自动手做胭脂。黛玉日常用的胭脂，就是宝玉亲手研制的。

比如，宝玉有次去家塾上学前，特地跑来嘱咐黛玉："好妹妹，等我下了学再吃饭，和胭脂膏子也等我来再制。"

哈根达斯的广告语——"爱她，就请她吃哈根达斯"，不知暖了多少少女的心。没想到，二百多年前的宝玉更暖心，简直就是"爱她，就为她做胭脂"的绝世好男人。

宝玉十分精通此道。他曾对探春讲解制作过程。他说："不独桃花，四时花卉，凡是红的，都可以做胭脂。先要选好花瓣。每一朵花的花瓣颜色，深浅都不一样。选好花瓣后，把花瓣放进石臼里，慢慢地把它舂成浆汁。然后再用细沙过滤，再把丝绵放在花汁里浸上五六天。浸透了就拿到太阳下去晒，晒干了就可以用了。"

五

宝玉不仅会研制胭脂，还懂得如何化妆。

黛玉是宝玉的女神，用宝玉的话说，是"越发超逸"了。超逸的黛玉自有一种仙姿，宝玉的化妆技巧在黛玉身上没有用武之地。

倒是在平儿身上，我们见识到了宝玉的化妆水平之高。

《红楼梦》第四十四回，凤姐过生日，贾琏却背着凤姐偷情，刚好被凤姐撞个正着。凤姐气得浑身乱战，听他们都夸平儿，就先把平儿打了两下。贾琏又气又愧，又不敢碰凤姐一个指头，只好冲平儿踢骂。

其实平儿什么错都没有，但处在贾琏之俗、凤姐之威之间，她注定成为他俩的出气筒和受气包，被他们拿来煞性子。

一肚子委屈的平儿有冤无处诉，气得干哭，被好心的李纨拉入大观园，来到了宝玉的怡红院。

在《红楼梦》中，大观园自有其象征意义。似乎所有受了委屈的女子，都能在大观园里得到应有的尊重和怜惜。

宝玉一直很敬重平儿，看到受了委屈的平儿，不由感叹："独自一人供应贾琏夫妇二人，贾琏之俗，凤姐之威，她竟能周全妥帖，今儿还遭荼毒，真是委屈得很了。"

看着换上袭人给的干净衣服的平儿，宝玉笑着劝道："姐姐还该擦上些脂粉，不然倒像是和凤姐姐赌气似的。况且又是她的好日子，而且老太太又打发了人来安慰你。"

然后，他走到妆台前，揭开一个宣窑磁盒，只见里面盛着一排十根玉簪花棒儿。他拈了一根递给平儿，笑道："这不是铅粉，这是紫茉莉花种研碎了，对上料制的。"

平儿先是一怔，然后依言倒在掌上，果见轻白红香，四样俱美，扑在面上也容易匀净，且能润泽，不像别的粉涩滞。然后，看见怡红院的胭脂也不是一张，而是一个小小的白玉盒子，里面盛着一盒，如玫瑰膏子一样。

宝玉笑道："铺子里卖的胭脂不干净，颜色也薄，这是上好的胭脂拧出汁子来淘澄净了，配了花露蒸成的。只要细簪子挑一点儿，抹在唇上足够了，用一点水化开，抹在手心里，就够拍脸的了。"

平儿依言妆饰，果见鲜艳异常，且又甜香满颊，刚才委屈的心情，顿时好了大半。

六

据说，胭脂的主要成分是红蓝花、紫茉莉、凤仙花和合欢花。宝玉爱吃胭脂、爱做胭脂的背后，其实是他骨子里对女子的尊重和爱惜。

宝玉常说："女儿是水作的骨肉，男人是泥作的骨肉。见了女儿，我便清爽，见了男子，便觉浊臭逼人。"

要知道，宝玉说这番话时，是在十八世纪。

在那个男尊女卑、践踏女性的时代，宝玉却对女性唱出了由衷的赞歌，赋予了女人和男人一样甚至超过男人的尊严。

这是宝玉最了不起的地方。

他终其一生，都愿意像红蓝花、紫茉莉、凤仙花、合欢花等花儿那样，捣碎自己，化为胭脂，只为增添女子的美丽，消退女子的愁容，抚平女子的悲伤……

"落红不是无情物，化作春泥更护花"，比曹雪芹晚出生七十七年的龚自珍写的这句诗，恰好是宝玉最好的写照。

宝玉为何摔玉？

一

"莫失莫忘，仙寿恒昌。"

"不离不弃，芳龄永继。"

这两句诗，分别出自宝玉的通灵宝玉和宝钗的金锁，是王夫人和薛姨妈眼中的天作之合——"金玉良缘"。

但宝玉一心认定的，却是他和黛玉的"木石前盟"。

二

宝玉是衔玉而生之人。他的身上，常年挂着长命锁、记名符和那块出生时衔在口中的通灵宝玉。

这块被贾府上上下下视为命根子的通灵宝玉，却被他多次摔到地上。第一次摔玉,是在他第一次见到黛玉时。

《红楼梦》第三回,六岁的黛玉第一次进贾府,见到了外婆(贾母)、舅舅(贾赦、贾政)、舅妈(邢夫人、王夫人)、表嫂(李纨、王熙凤)以及迎春、探春、惜春等表姐妹们。

晚饭后,七岁的宝玉风风火火地从庙里还愿回来,见到了美若仙子的表妹黛玉。

宝玉叽里呱啦地问了黛玉许多问题,最后问了一句:"可有玉没有?"

黛玉忖度:"因他有玉,所以才问我的。"便答:"我没有玉。你那玉也是件稀罕物儿,岂能人人皆有?"

宝玉听了,登时发作起痴狂病来,摘下那玉就狠命摔去,骂道:"什么罕物!连人之高低不择,还说'通灵'不'通灵'呢!我也不要这劳什子了!"

贾母急得搂了宝玉道:"孽障!你生气要打骂人容易,何苦摔那命根子!"

宝玉满面泪痕,哭道:"家里姐姐妹妹都没有,单我有,我说没趣儿;如今来了这个神仙似的妹妹也没有,可知这不是个好东西。"

只因"神仙似的妹妹也没有",宝玉就不想独自拥有。

宝玉看重的,从来不是这些身外之物,而是天地之间最宝贵的东西——人。

三

和黛玉孤身一人、轻车简从进贾府形成鲜明对比的，是宝钗和薛姨妈进贾府。

宝玉十三岁、黛玉十二岁那年，十四岁的宝钗跟随母亲来到了贾府。

和宝钗一起进贾府的，还有那个关于"金玉良缘"的传说。

《红楼梦》第八回，标题是《贾宝玉奇缘识金锁，薛宝钗巧合认通灵》。其实，"奇缘"不奇，"巧合"不巧，一切都是人为的安排。

这天，听说宝钗病了，宝玉就去梨香院看她。一身家常打扮，正坐在炕上做针线活的宝钗，招呼宝玉坐下，并笑着说："成日家说你的这块玉，究竟未曾细细地赏鉴过，我今儿倒要瞧瞧。"

宝玉便从项上摘下来，递到宝钗手内。

宝钗托在掌上，只见大如雀卵，灿若明霞，莹润如酥，五色花纹缠护。

宝钗看毕，又翻过正面来细看，口里念道："莫失莫忘，仙寿恒昌。"

念了两遍，一旁的丫鬟莺儿嘻嘻笑道："我听这两句话，倒像和姑娘项圈上的两句话是一对儿。"

宝玉听了，忙笑道："原来姐姐那项圈上也有字？我也赏鉴赏鉴。"

宝钗道："也是个人给了两句吉利话儿，錾上了，叫天天戴着。不然沉甸甸的，有什么趣儿？"一面说，一面将那珠宝晶莹、黄金灿烂的璎珞摘出来。

宝玉忙托着锁看，果然一面有四个字，两面八个字，共成两句吉谶：不离不弃，芳龄永继。

四

这段话多读几遍，就能体会出宝钗对"金玉良缘"的用心良苦。

明眼人自然看得出来，宝钗和莺儿这对主仆一唱一和，想要表达的，无非就是"这两句话，倒像和姑娘项圈上的两句话是一对儿"。

要知道，当时是清朝，是一个禁止自由恋爱、讲究三媒六聘的时代。

贴身丫鬟说小姐身上的佩戴之物和其他人的佩戴之物是一对时，小姐不仅不呵斥，还高兴地默许，其中传递的信号已经很明显了。

宝钗的哥哥、"呆霸王"薛蟠倒是一眼看穿了妹妹的心思。

《红楼梦》第三十四回，宝玉因为和戏子蒋玉菡交往过密而被父亲贾政痛打了一顿，薛姨妈以为是薛蟠连累宝玉的，就回家骂了薛蟠一通，宝钗也在一旁劝哥哥今后少在外头胡闹。

薛蟠正在气头儿上，未曾想话之轻重，便道："好妹妹，你不用和我闹，我早知道你的心了。从先妈妈和我说，你这金锁要拣有玉的才可配。你留了心，见宝玉有那劳什子，你自然如今行动护着他。"

从薛蟠这番话里，可以看出两点：一是薛姨妈和薛蟠提起过"金玉良缘"的说法，自然也和王夫人提起过；二是宝钗自己也有这样的心思。

但任凭"金玉良缘"设计得再巧妙，遇到了眼里心里只有林妹妹的宝玉，只能不攻自破了。

真正的爱情，从来不需要这些身外之物。对看重真感情的人来说，想要用这些身外之物去牵绊一段感情，从来都不会有效。

五

为了向黛玉表明他对"木石前盟"的坚定，宝玉不知在黛玉面前摔过多少次通灵宝玉。闹得最凶的一次，是《红楼梦》第二十九回。

那天，黛玉病了，宝玉心里放不下，饭也懒怠吃，不时来看她。因为前几天看戏时发生过道士为宝玉提亲的事，黛玉心里不太痛快，言语之间，自然有点冲冲的。

黛玉说："你只管听你的戏去罢，在家里做什么？"

宝玉说："我白认得了你！罢了，罢了！"

黛玉听说，冷笑了两声道："你白认得了我吗？我哪里能够像人家有什么配得上你的呢！"

黛玉说这句话，其实是为宝钗的金锁和湘云的金麒麟吃醋了。但她忘了，宝玉前几天刚对她说过："除了别人说什么金什么玉，我心里要是有这个想头，天诛地灭，万世不得人身！"

宝玉听了这话，赌气向颈上抓下通灵宝玉，咬牙恨命往地下一摔，说："什么捞什骨子，我砸了你完事！"

除了第一次摔玉是因为黛玉无玉而他独有，之后宝玉每次摔玉，其实都是为了打破"金玉良缘"的魔咒，让黛玉"放心"。

六

宝钗想要得到宝玉的心情，是"我爱你，与你无关"。明知宝玉心里爱的是林妹妹，她亦笃定地要当宝二奶奶。

她追求的，是宝二奶奶的身份和地位，是一世安稳，现世安好。

但她看错了人。在宝玉身上，她得不到安稳和安好。

最后，"多愁多病身"的黛玉去世了，"仙寿恒昌"的宝玉出家了，"芳龄永继"的宝钗独守空闺、孤独终老。

其实，宝钗的人生也是一个悲剧。如果她能活在当代，她一定可以有比"宝二奶奶"更好的归宿。

只能说，她生不逢时。

妹妹的诗，就是写得好

一

黛玉曾怪宝玉，说："我很知道你心里有妹妹，但只是见了姐姐，就把妹妹忘了。"

其实，这是黛玉错怪宝玉了。宝玉爱的天平，一直是往她身上"一边倒"的。别的不说，单看宝玉对黛玉写的诗词的偏爱，就知道了。

二

《红楼梦》第三十七回，探春提议在大观园成立海棠诗社，并让众人给自己取雅号。黛玉雅号是潇湘妃子，宝钗雅号是蘅芜君，宝玉雅号是怡红公子，迎春雅号是菱洲，探春雅号是蕉下客，惜春雅号是藕榭。

诗社第一场活动是咏海棠花，以"门""盆""魂""痕""昏"等字为韵，写和海棠花有关的诗作。

大家不愧都饱读诗书，才一炷香的工夫，大家都拿出了自己所作的诗。

黛玉写的是："半卷湘帘半掩门，碾冰为土玉为盆。偷来梨蕊三分白，借得梅花一缕魂。月窟仙人缝缟袂，秋闺怨女拭啼痕。娇羞默默同谁诉？倦倚西风夜已昏。"

宝钗写的是："珍重芳姿昼掩门，自携手瓮灌苔盆。胭脂洗出秋阶影，冰雪招来露砌魂。淡极始知花更艳，愁多焉得玉无痕？欲偿白帝宜清洁，不语婷婷日又昏。"

宝玉写的是："秋容浅淡映重门，七节攒成雪满盆。出浴太真冰作影，捧心西子玉为魂。晓风不散愁千点，宿雨还添泪一痕。独倚画栏如有意，清砧怨笛送黄昏。"

平心而论，从这两首诗来看，黛玉和宝钗各有千秋，难分伯仲。

诗社社长李纨是这样评价的："若论风流别致，自是潇湘；若论含蓄浑厚，终让蘅稿。怡红公子压尾，如何？"

其他人都没意见，唯独宝玉有异议，说："我的那首原不好，只是蘅潇二首，还要斟酌。"

喜欢一个人，是只有"情"，没有"理"的。聪明人都听得出来，宝玉的意思是，黛玉的诗应该排第一，而不是和宝钗并列第一。

宝玉这份赤裸裸的偏爱，让一旁的宝钗情何以堪？

三

《红楼梦》第三十八回，海棠诗社举行第二次活动，这次是咏菊花，不限韵。

黛玉平生素爱菊花，自然是如鱼得水，思如泉涌，一口气写了三首，分别是《咏菊》《问菊》和《菊梦》。

《咏菊》：无赖诗魔昏晓侵，绕篱欹石自沉音。毫端蕴秀临霜写，口角噙香对月吟。满纸自怜题素怨，片言谁解诉秋心？一从陶令评章后，千古高风说到今。

《问菊》：欲讯秋情众莫知，喃喃负手叩东篱。孤标傲世偕谁隐，一样开花为底迟？圃露庭霜何寂寞，鸿归蛩病可相思？休言举世无谈者，解语何妨话片时？

《菊梦》：篱畔秋酣一觉清，和云伴月不分明。登仙非慕庄生蝶，忆旧还寻陶令盟。睡去依依随雁断，惊回故故恼蛩鸣。醒时幽怨同谁诉，衰草寒烟无限情。

众人看了，纷纷称扬不绝。

李纨笑道："今日公评，《咏菊》第一，《问菊》第二，《菊梦》第三，题目新，诗也新，立意更新了，只得要推潇湘妃子为魁了。"

前三名都被黛玉一人包揽，黛玉成了这场诗会当之无愧的诗魁。

现场最激动的，莫过于宝玉。他喜得对社长李纨拍手叫道："极是！极公！"

这让一向清高的黛玉都有点不好意思了，谦虚地说："我那个也不好，到底伤于纤巧些。"

看到宝玉这样"一边倒"的宠爱，不知宝钗会不会有些灰心了。

四

痛恨科举、怕读"四书五经"的宝玉，对黛玉的每一首诗却能一目十行、过目成诵。

《红楼梦》第四十五回，一个秋雨淅沥的傍晚，黛玉歪在床上看《乐府杂稿》，心有所感，模仿唐代诗人张若虚的《春江花月夜》，写了《秋窗风雨夕》：秋花惨淡秋草黄，耿耿秋灯秋夜长。已觉秋窗秋不尽，那堪风雨助凄凉……不知风雨几时休，已教泪洒窗纱湿。

写罢准备就寝时，宝玉来了。他一进屋，看到案上有诗，就连忙拿起来认真拜读，一边读一边连连称赞。

黛玉却从宝玉手中夺回，在灯上烧了。宝玉笑道："我已记熟了。"

黛玉为何要烧了呢？因为宝玉有"前科"。

因为太喜欢黛玉的《咏菊》《问菊》《菊梦》，宝玉就用小楷工工整整地誊抄在扇子上，随身携带，方便随时欣赏。

宝玉一向冒冒失失、大大咧咧，无意中将扇子带出了大观园，被外面的相公们看见了，问起是谁写的，宝玉可能说漏嘴了。

　　当时社会对女子的评价标准是"女子无才便是德"。女子如果写诗作词，被外人知道了，反而会被议论。因此，黛玉就不让宝玉誊抄她的诗词了。

　　宝玉知道了黛玉的顾虑后，连忙赌咒发誓："我岂不知闺阁中诗词字迹是轻易往外传诵不得的。自从你说了，我总没拿出园子去。"

　　面对这样忠心耿耿、死心塌地欣赏自己的可爱男人，黛玉的心，估计也被融化了。她大可不必担心宝玉"见了姐姐，忘了妹妹"，因为在宝玉心里，自始至终只有一个"好妹妹"。

腊八依旧，香魂何在？

一

1745 年，乾隆十年。

这一天，是农历十二月初八，俗称腊八节。

寒风凛凛中，一个三十多岁、面容清癯、衣衫单薄的男子，来到北京西郊潭柘寺，只为吃一碗寺庙里熬了一夜的腊八粥。

有谁会想到，这个站在人群中安静等候腊八粥的男子，祖上就是那个曾经"烈火烹油、鲜花着锦"的钟鸣鼎食之家——江宁织造曹家，他本人就是那个衔着金汤匙出生的曹家公子曹雪芹？

当曹雪芹从住持手中捧过热气腾腾的腊八粥，一口一口地细嚼慢咽时，他是否还记得，很多年前，十四岁的他曾对小他一岁的表妹说过一个和腊八粥有关的典故？

如今，腊八依旧，香魂何在？

这样想着想着，一行清泪便顺着他的脸颊滑落，落在腊八粥里，他再也辨不清滋味……

二

这一切，是基于这样一个假设——江宁织造曹家是《红楼梦》中贾家的原型，曹雪芹是贾宝玉的原型。

曹家在1728年被抄家之前，一直过着锦衣纨绔、富贵风流的生活。《红楼梦》中的贾家亦如此。

那一年，贾家虽然气数将近，但"百足之虫，死而不僵"，表面上还是一副太平盛世的气象。一日午后，十四岁的"富贵闲人"贾宝玉照例又去看十三岁的表妹林黛玉。

走进潇湘馆，屋内静悄悄的，丫鬟们不在，黛玉正在午休。宝玉轻手轻脚走到床边，推她道："好妹妹，才吃了饭，又睡觉？我替你解闷儿。"黛玉应了一声，继续迷迷糊糊地犯困。

在黛玉面前，宝玉是个"话痨子"，有一搭没一搭地说着闲话。他问黛玉几岁来京，扬州有何土俗民风，路上见何古迹……黛玉懒洋洋的，并不搭理。

宝玉怕她睡出病来，就心生一计，故弄玄虚道："你们扬州衙门里有一件大故事，你可知道？"这下，黛玉终于转过身来，问道："什么事？"

宝玉见问，就忍住笑随口胡诌："扬州有一座黛山，山上有个林子洞。"黛玉嗔道："扯谎，从没听过这山。"宝玉道："天下山水多着呢，你哪里知道这些不成。等我说完了，你再批。"

黛玉道："你且说。"

于是，宝玉编了一个故意调侃黛玉的故事，大意是：

林子洞里有群耗子精，腊月初七，老耗子对众耗子说："明日是腊八，世上人都熬腊八粥。我们洞里果品短少，要趁此打劫一些才好。"耗子们忙去打探了一番，回来禀告说："山下有座庙，庙里米豆成仓，红枣、栗子、花生、菱角、香芋，要啥有啥。"老耗子大喜，立即调兵遣将。于是，耗子们偷米的偷米，偷豆的偷豆，最后只剩下香芋还没着落。这时，一个看似柔弱的小耗子说："我去偷香芋。"老耗子看它这样弱小，不准它去。不料，它却说："我虽年小身弱，却是法术无边，包管比它们偷得还巧呢。"老耗子忙问："如何比它们巧呢？"小耗子说："我只摇身一变，变成个香芋，滚在香芋堆里，使人看不出听不见，暗暗地用分身法搬运，岂不更巧？"老耗子听了，说："妙虽妙，只是不知怎么个变法，你先变个我们瞧瞧。"小耗子摇身一变，却变成了一个最标致最美貌的小姐。耗子们笑道："变错了，变错了。说好要变香芋，怎么变成了小姐？"小耗子笑道："我说你们没见过世面，只认得香芋，却不知盐课林老爷家的小姐才是真正的香玉呢。"

三

宝玉到底是有才情的，虽是胡诌，却诌得有模有样。"香芋"

和"香玉"，一语双关，他又将眼前这个标致美貌的表妹，比作那个伶牙俐齿的小耗子。

黛玉也是冰雪聪明的人，才听几句，就知道宝玉是在调侃她。于是，她翻身而起，按住宝玉笑道："我就知道你是编我呢！"说着，便拧得宝玉连连告饶："好妹妹，饶我罢，再不敢了！我因为闻你香，忽然想起这个典故来。"黛玉笑道："饶骂了人，还说是典故呢。"

总觉得宝玉和黛玉之间，既有缘定三生的缠绵，也有从小玩闹惯了的天真。或许，只有在从小"一床睡觉、一桌吃饭"的同伴面前，才能卸下成人世界的伪装，一清如水，真情流露。正如此刻，原本稀松平常的腊八粥，却成了宝玉和黛玉之间最动听的"情话"。

不过，当宝钗出现时，气氛就不一样了。

《红楼梦》中写道，一语未了，只见宝钗走来，笑问："谁说典故呢？我也听听。"这时，黛玉"忙起身让座"，宝玉也停止了说笑，向宝姐姐问好。

或许，宝钗的悲哀，是她明知自己永远无法分享宝玉的深情，也无法代替黛玉在宝玉心中的位置，却仍一意孤行。终其一生，她始终陷在那个"宝二奶奶"的虚名中，无法自拔。

四

不久后，贾府获罪被抄家。贾母去世，凤姐病倒，宝玉入狱，贾家一夜之间家破人亡。

在一个月光凄冷的夜晚，病重的黛玉，带着对宝玉的刻骨思念，独自来到当年和湘云一起吟出"寒塘渡鹤影，冷月葬花魂"的水潭边。

这一刻，不知黛玉心中会想到什么。她是否会想起那一个个岁月静好的午后，宝玉千方百计、费尽心思地哄她开心、和她玩闹？这样想着，想着，身子便一点一点沉入湖中，从此，再也没有浮起……

再后来，宝钗如愿嫁给了宝玉。但即使婚后二人相敬如宾，但让宝玉一辈子心心念念的，始终只有一个林妹妹。

"都道是金玉良缘，俺只念木石前盟。空对着，山中高士晶莹雪。终不忘，世外仙姝寂寞林。叹人间，美中不足今方信。纵然是举案齐眉，到底意难平。"

宝玉和黛玉之间的爱情，早已深深嵌入彼此的青春记忆。这世上，没有什么力量可以将他们分开，即使死亡，也不可以。

五

1745 年，距离江宁织造曹家被抄家，已有十七个年头。当年那个十四岁的富贵公子，经历了家族的繁华幻灭和人生的跌宕起伏后，才真正听懂了跛足道人唱的《好了歌》，真正明白了"世上万般，好便是了，了便是好。若不了，便不好，若要好，须是了"。

这一切，恍如隔世。往后余生，他活着的唯一念想，就是将他经历过的那些人、那些事，一一诉诸笔端。即使"蓬牖茅椽，绳床瓦灶"，即使"举家食粥酒常赊""卖画钱来付酒家"，也从未想过放弃。因为只有在他提起笔来的时刻，他才觉得，那个他曾经深深爱过的人，仿佛还活着……

正如他手中这碗热气腾腾的腊八粥一样，那个他曾经深深爱过的人，是支撑他在这个惨淡人间继续前行的唯一温暖。

很多时候，活着，比死去更为艰难。他咽下了最后一口腊八粥，深深地叹了口气……

六

1763年，四十八岁的曹雪芹"稿未完而人先亡"。从此，"满纸荒唐言，一把辛酸泪"的《红楼梦》，成为他留给后人的一个谜团，永远无法解开。

对他来说，这些都不重要。重要的是，在另一个世界，他终于可以再次对表妹说起那个和腊八粥有关的典故。

这一刻，布衣暖，菜根香。

愿时光永远定格在这一刻。

最动听的情话

一

来自另一半的欣赏，是世间最动听的情话。

就连那么骄傲自负的黛玉，无意中听到宝玉在人前对她的一片赞美，也瞬间融化了。

那天，黛玉去怡红院找宝玉。还未进屋，就听到湘云对宝玉说："你如今大了，就算不愿读书去考举人进士，也该常常会会为官做宰的人们，谈谈仕途经济的学问，将来也好应酬世务。"宝玉登时拉下脸来，说："姑娘请别的姊妹屋里坐坐，我这里仔细污了你知经济学问的。"袭人说："云姑娘快别说这话。上回宝姑娘也说过一回，他也不管人家脸上过得去过不去，就咳了一声，拿起脚来走了。幸而是宝姑娘，要是林姑娘，不知又闹到怎么样，哭得怎么样呢。"

宝玉正色道："林姑娘从来说过这些混账话不曾？若她也

说过这些混账话，我早和她生分了。"

二

宝玉这番话，字字句句都说到了黛玉心上。百感交集、感慨万千的黛玉，一边拭泪，一边转身走了。

这时，宝玉刚好出门，一眼就看见了黛玉。他赶紧追上前去，柔声问："妹妹往哪里去？为何哭了？"

平时总喜欢说一些反话试探宝玉的黛玉，此刻却一反常态，温柔地说："好好的，何曾哭了。"因为她终于明白，她在宝玉心中的地位，是独一无二、不可替代的。

她对自己，有了信心；对宝玉，有了信任。

三

电视剧《何以笙箫默》中，让"冷面男神"何以琛真正融化的，不也正是赵默笙那句发自内心赞美的话吗？

七年的不愿将就后，何以琛和赵默笙再次走到一起。

但曾经对这份感情充分自信的他，却隐隐有了一种不自信。他和默笙之间，似乎有了一层隔阂。让他真正释怀的，是他在香港给默笙送红豆沙冰时听到的她说的那句话。

那次，默笙被派往香港采访服装设计师米菲儿，以琛前往香港"探班"。当他拎着默笙喜欢的红豆沙冰出现在采访现场时，一贯喜欢耍大牌的米菲儿，一脸不屑地问默笙："那就是你的新男友？为了他，你放弃了应晖？"

默笙先是礼貌地回应："这是我的私事。"但米菲儿继续咄咄逼人，说："女人胜负靠美貌，男人胜负靠事业。你是对自己的相貌没有自信，所以退而求其次，选择了一个事业差的男人，以防将来被甩吗？"

默笙明白，任何一个男人，听了这句话，都太伤自尊，更何况一向骄傲的以琛。于是，她不卑不亢、掷地有声地回应："他是一个非常出色的律师。"

四

这时，导演给了以琛一个面部特写。

镜头中的他，嘴角微微上扬，露出一抹暖到心里的微笑。

这一刻，他终于可以确定，虽然他和默笙之间"断篇"了七年，但在默笙心里，他始终是最有分量的那一个。

从此以后，以琛在默笙面前卸下了所有铠甲，用一颗柔软的心，和默笙一起迎接那久违的阳光。

五

另一部我很喜欢的电视剧《来不及说我爱你》中，让叱咤风云的承军统帅慕容沣最为感动的，也是来自妻子尹静婉的欣赏和理解。

在某一次战役中，敌军的朱师长沦为阶下囚。企图自杀的他，被曾有一面之缘的静婉发现并劝阻了。

朱师长心灰意冷地说："慕容沣杀人不眨眼，我已沦为战俘，哪有活着出去的道理！"

静婉平静而坚定地说："你相信我，我丈夫不是那样的人。他有一颗仁爱的心，重情重义。他打仗不是为了一己的野心，绝对不会去威逼一个正直守信的人。"

这番对话，刚好被随后赶到的慕容沣听到了。

处理好朱师长的事后，慕容沣拉过静婉的手，深情地说："静婉，我不在乎这世上有多少人误解我，也不在乎身后的人如何评说。静婉，有你知我，信我，我慕容沣已经心满意足。"

六

或许，能让一个人拥有自信的最好方法，就是让他得到来自另一半的欣赏。

理想的恋人和夫妻关系，是两个人一直保持对彼此的欣赏。

如果对方的身上，总有值得你欣赏的地方，那么，这样的爱情和婚姻，一定是可以历久弥新的。

因此，请善于发现另一半的美好，且不要吝啬对另一半的赞美。

你不说，我怎么知道？

一

"人生何必复杂？想念谁，打电话；想见谁，约；想被理解，解释；有疑惑，问；讨厌什么，说；喜欢什么，买；饿了，吃；困了，睡；没钱，挣。别叽叽歪歪的，人生没那么复杂。"

这个段子，貌似"简单粗暴"，却句句在理。只不过，能真正做到这般简单洒脱的，世间又有几人？

很多时候，真实的情况是，明明想念，却不联系；明明误会，却不解释；明明不明白，却不闻不问；明明讨厌，却不方便说；明明喜欢，却不舍得买……总之，明明很简单，却无限复杂化了。

或许，世间本无事，庸人自扰之。尤其是处于感情纠葛中的男男女女，常常为情所困，简直是"剪不断，理还乱。才下眉头，却上心头"。

其实，这所有的烦恼，都有一个共同的毛病：不说。

二

　　我总觉得，有着"倾国倾城貌"的林黛玉，之所以"多愁
多病身"，除了先天不足外，还有一个重要的原因，就是烦恼
太多，郁结在心。黛玉喜欢把啥事都放心里，自个儿生闷气，
时间久了，难免伤肝、伤肺、伤胃、伤心……

　　那首摧人心肝的《葬花词》，就是黛玉生宝玉的闷气时手
把花锄含泪吟成的。黛玉不愧是兰心蕙质的真才女，生气时的
有感而发，一不小心就成了千古绝唱。

　　其实，这次生气的原因，说来也很简单。那一天，宝玉去
潇湘馆找黛玉玩，正说笑时，被父亲叫走了。宝玉出了名地怕
父亲，每次被父亲叫走，不是被骂一通，就是被打一顿。晚饭后，
听说宝玉回来了，一直记挂他的黛玉，就特意去怡红院看他。

　　不料，那晚刚好晴雯和碧痕拌了嘴，没好气。先是见宝钗
来了，就在院内抱怨说："有事没事跑了来坐着，叫我们三更
半夜的不得睡觉！"后又听到黛玉的敲门声，越发动了气，并
不问是谁，就说："都睡下了，明儿再来罢！"

　　黛玉提高嗓门又说了一遍："是我，还不开吗？"晴雯依
然没听出来，使性子说："凭你是谁，二爷吩咐的，一概不许
放人进来！"

　　这句话，让黛玉气怔在门外。一边是屋里传来的宝钗和宝
玉的说笑声，一边是自己无端吃的闭门羹，她越想越伤心，越

想越气恼。回到潇湘馆后，她独自垂泪，一宿无眠。而这一切，宝玉并不知情。

三

第二天是芒种节。芒种一过，就是夏天。按清朝风俗，芒种节要祭饯花神。因此，这一天，大观园中众姊妹早早起床，将彩线系在树上、花上，将园子装扮得绣带飘摇，花枝招展。

唯独黛玉避开众姊妹，独自来到曾和宝玉一起埋葬桃花的小山坡上，一边掩埋残花落瓣，一边感花伤己，情到深处，含泪吟诗："花谢花飞花满天，红消香断有谁怜？游丝软系飘春榭，落絮轻沾扑绣帘……侬今葬花人笑痴，他年葬侬知是谁。一朝春尽红颜老，花落人亡两不知……"

黛玉在这厢生闷气、流眼泪，宝玉却在那头丈二和尚——摸不着头脑。听了黛玉的《葬花词》，宝玉固然心痛，却依然不明白黛玉为何生气。

宝玉在黛玉面前素来伏低做小。这天，他一早就"妹妹长，妹妹短"地说尽了所有好话，但黛玉依然不理不睬，不为所动。宝玉实在没辙了，说："我也知道我如今不好了，但只凭着怎么不好，万不敢在妹妹跟前有错处。便有一二分错处，你倒是或教导我，戒我下次，或骂我两句，打我两下，我都不灰心。谁知你总不理我，叫我摸不着头脑，少魂失魄，不知怎么样才好。"

黛玉听了这话，才有些回心转意，终于肯说出自己生气的原因。"你既这么说，为什么昨儿我去了，你不叫丫头开门？"宝玉听了，诧异道："这话从哪里说起？我要是这样，立刻就死了！"林黛玉啐道："大清早起死呀活的，也不忌讳。你说有呢就有，没有就没有，起什么誓呢。"宝玉道："实在没有见你去。就是宝姐姐坐了一坐，就出来了。"

黛玉听宝玉主动提到了宝钗，可见并不是为了宝钗而不让她进门，于是，想了一想，笑道："是了。想必是你的丫头们懒待动，丧声歪气的也是有的。"宝玉道："想必是这个原故。等我回去问了是谁，教训教训她们就好了。"

一对小儿女之间的误会，就这样烟消云散了。其实，如果黛玉一开始就肯说出来，这个误会早就可以解释清楚，还何必躲到小山坡上哭上半天呢？不过，如果黛玉是那样的性格，也就没有这首流传千古的《葬花词》了。

四

不要以为只有多情敏感的黛玉会这样，其实，恋爱中的女人，大多容易这样。《何以笙箫默》中的赵默笙，不也这样吗？

有一天，一直暗恋何以琛的何以玫，故意告诉赵默笙，说她和以琛青梅竹马，他们才是天生一对。默笙听了，对自己在以琛心目中的位置产生了怀疑。事也凑巧，当天晚上，以琛因为默笙父亲的缘故，对默笙说了一句气话："赵默笙，我但愿从来没有认识你。"于是，默笙心中仅存的一点希望，也被彻底扼杀了。

之后，默笙被父亲送往美国，和以琛不辞而别，以琛百思不得其解。默笙本可以和以琛联系，解开她心头对他和以玫的疑惑。但她一直没有勇气开口。就这样，七年过去了，两人完全失去了联系。

直到七年后，两人重逢。在柔情似水的月光下，在微风习习的黄浦江边，两人才敞开心扉，说起了这段往事，解开了彼此的心结。以琛苦笑："你见过吵一次架就彻底分手的恋人吗？"默笙低头："我以为你说的每句话都是真的。"

如果默笙肯早点问以琛，又何必为了这个心结而耽误七年呢？

五

要知道，这个世上，没有几个"贾宝玉"，也没有多少"何以琛"。

有谁会像宝玉那样耐心听完黛玉的《葬花词》，不顾黛玉的冷脸孔，千方百计哄她开心呢？大多数人恐怕早已心力交瘁，筋疲力尽，再也没心情哄人了。

有谁会像何以琛那样坚信默笙心里有他，用七年时间去等待一段杳无音信的爱情。

等待并不可怕，可怕的是没有尽头。相信大多数人的想法，或许是"天涯何处无芳草，何必单恋一枝花"。

因此，姑娘们，在真实的生活中，不要奢望遇到"贾宝玉"和"何以琛"，不要将心事深藏心底，一个劲让对方猜。还是《大话西游》中的唐僧来得实在。他语重心长地对悟空说："你想要啊？悟空，你要是想要的话，你就说话嘛。你不说，我怎么知道你想要呢？"

唐僧说了很多废话，但唯独这句话，倒是十分在理。是的，你想要，你就说。你不说，我怎么知道呢？

请将人生掌握在自己的"口"中，大胆地表达自己的想法。不要考验别人的耐心，不要在彼此的猜测中，蹉跎了人生。

或许，心若简单，人生就不复杂。

开辟鸿蒙，谁为情种?

一

台风天气，雨淅淅沥沥地下着，有一搭，没一搭。

安静的夜晚，十岁的女儿坐在窗前，背诵纳兰容若的《长相思》："山一程，水一程，身向榆关那畔行，夜深千帐灯。风一更，雪一更，聒碎乡心梦不成，故园无此声。"

时光穿越了三百多年，纳兰容若的词，却依然活在人间。

他若泉下有知，当足以慰怀。

二

纳兰容若二十二岁那年，参加进士考试，以优异的成绩考中二甲第七名。康熙皇帝授予他三等侍卫的官职。

或许是因为惺惺相惜，比纳兰容若大一岁的康熙，十分赏识他的才华。没过多久，他就从三等侍卫升为二等侍卫，再升为一等，成为康熙身边的御前侍卫，随康熙南巡北狩，游历四方。

纳兰容若，是文武兼备的少年英才，是帝王器重的随身近臣，是前途无量的达官显贵，让世人羡慕。

这首《长相思》写于1682年2月。当时，二十七岁的他随康熙出山海关祭告奉天祖陵。塞上风雪凄迷，苦寒的天气引发了他对北京什刹海后海家的思念，他提笔写下了这首词。

二十七岁，正是一个人一生中最好的年华，本当意气风发，志在四方。但读他的《长相思》，似有万般愁绪郁结心头，让人忍不住一声叹息。

三

这一声叹息，要从纳兰容若的家世说起。

1655年，他出生在一个显赫的家族。父亲是康熙朝武英殿大学士、一代权臣纳兰明珠。母亲爱新觉罗氏是英亲王阿济格第五女，一品诰命夫人。

其家族纳兰氏，隶属正黄旗，为清初满族最显的八大姓之一，即后世所称的"叶赫那拉氏"。作为当朝重臣纳兰明珠的长子，纳兰容若从一出生就注定拥有享不完的荣华富贵。

然而，有些人，似乎是为了到红尘中来还清情债的。即使身处钟鸣鼎食、繁花着锦之家，他依然为情所伤、落落寡合。

　　他渴望的生活，是和心上人依偎在小轩窗下，相看两不厌，唯有敬亭山；是纵有弱水三千，他只取一瓢饮。

　　纳兰容若，就是这样一位重情重义的翩翩佳公子。

　　四

　　按照各种版本的纳兰容若传记来看，他一生中拥有过三段感情——青梅竹马的表妹、举案齐眉的妻子和相见恨晚的红颜知己。

　　命运弄人，表妹因父母反对而不能和他在一起，爱妻婚后三年难产而亡，红颜知己因满汉之界而无法明媒正娶，空余刻骨的相思……向来缘浅，奈何情深。

　　他的爱而不能得、爱而不能守，都付诸《饮水词》。他"如鱼饮水，冷暖自知"的心事，究竟又有几人能懂？词中那刻骨铭心的爱恨情愁，或许连他的父母也无法理解。

　　他享尽了世人眼中的荣华富贵，但内心深处很少有过真正的快乐。

　　"执子之手，与之偕老"的爱情，终究没有发生在他身上。

　　1685年，郁郁寡欢的他，走到了生命的尽头，年仅三十一岁。他的一生，烙满了爱的伤痕，斑斑驳驳。

　　看纳兰容若的传记，读纳兰容若的词，心情总是沉沉的。尤其是钟汉良在《康熙秘史》中演绎的纳兰容若，眼里尽是苍凉和失意。他的情伤因为文学的加持而永不愈合。

五

深情的纳兰容若，让我想到了曹雪芹笔下的贾宝玉。

曾经觉得贾宝玉是古今第一情种，如今觉得纳兰容若更让人黯然神伤。

曹雪芹在《红楼梦》的《引子》中写道："开辟鸿蒙，谁为情种？都只为风月情浓。趁着这奈何天，伤怀日，寂寥时，试遣愚衷。"整本《红楼梦》，其实都围绕着一个"情"字。

《红楼梦》第五回中，掌管情天恨海的警幻仙姑，称贾宝玉是"天下古今第一淫人"。宝玉听了，吓一大跳。仙姑解释说："你天分中自然生成一段痴情，吾辈推之为意淫。意淫二字，惟心会而不可口传，可神通而不可语达。"

此"意淫"绝非世俗眼中的好色，而是男女之间真挚的相知、相爱、相恋和相伴。

宝玉对女子们，是时时处处怜惜着。"无故寻愁觅恨，有时似傻如狂"，"行为偏僻性乖张，哪管世人诽谤"，他洒脱不羁地爱着这世上一切美好的女子——她们构成了这世界如此美好的一面，令他眷恋，值得他呵护。

六

关于"贾宝玉"的原型是谁，红学界中一直颇有争议。有人说是曹雪芹本人，有人说是纳兰容若，有人说是废太子胤礽，有人说是顺治皇帝……莫衷一是。

也许，随着作者曹雪芹的去世，这已成为一个永恒之谜，再也无法求证。

不过，有一点是肯定的，宝玉身上，有纳兰容若的影子，且有很深的痕迹。纳兰容若与宝玉，都不求功名，不求权势，不爱财，不图名，超凡脱俗，遗世独立，只为简简单单地去守护心爱的人。这一点，极其相似。

曹雪芹的祖父曹寅，和纳兰容若有很深的交情。

出生于1658年的曹寅，比纳兰容若小三岁。他俩同为康熙皇帝的侍卫，朝夕相处了八年，交情很深。

1684年，曹寅在南京担任江宁织造，纳兰容若随康熙南巡，住在曹家。纳兰容若写《满江红·为曹子清题其先人所构楝亭，亭在金陵署中》赠曹寅："看手泽，深余慕。更凤毛才思，登高能赋……"

纳兰容若去世十年后，曹寅写《题楝亭夜话图》怀念他："忆昔宿卫明光宫，楞伽山人貌姣好……"可见两人感情之深厚。

七

历史总是有很多巧合之处。纳兰出生六十年后，也就是一个甲子，1715 年，曹寅的孙子曹雪芹出生在南京江宁织造府。

童年的曹雪芹，亲历了一段锦衣纨绔、烈火烹油的生活。但好景不长，1728 年，曹家因亏空获罪被抄家，十三岁的曹雪芹随家人迁回北京老宅，后又移居北京西郊，靠卖字画和朋友救济为生。

或许，十三岁遭遇抄家噩运的曹雪芹，他所有的美好记忆，都定格在了南京的大观园，定格在了青春年少时。往后的岁月，对他来说，或许只是苟延残喘。

他活下去的最大动力，或许只是为了将他亲历的闺阁中的姐姐妹妹的故事，写成一部"千红一哭，万艳同悲"的《红楼梦》。

《红楼梦》中的宝玉、黛玉、宝钗、探春、湘云等主要人物，也都是十二岁至十四岁的少男少女，宝钗算是年纪大的，十五岁。《红楼梦》第二十二回中，老祖宗贾母拿出二十两体己银子，让王熙凤再从官中拨款，替宝钗过十五岁生日，从中透露了这些少年的年龄。

八

虽然曹雪芹出生时，纳兰容若已离开人世二十九年，但家族的传说很可能在他心中投进了许许多多往事故人的影子。

"今宵便有随风梦，知在红楼第几层"，"因听紫塞三更雨，却忆红楼半夜灯"，"此夜红楼，天上人间一样愁"……这些出自纳兰容若的《饮水词》的句子，在祖父曹寅的影响下，曹雪芹自幼耳熟能详。

才子对才子的仰慕，可以穿越时空的阻隔。纳兰容若其人其词其情，在年幼的曹雪芹心中留下了深深的烙印。红楼在哪里？梦又在何方？

《饮水词》中多处咏竹，曹雪芹在小说中描写林黛玉爱竹，别号"潇湘妃子"，为她的居处潇湘馆安排了"凤尾森森，龙吟细细，一片翠竹环绕"的环境，这是否受了纳兰容若的影响？

宝玉的父亲贾政，与纳兰容若的父亲纳兰明珠也很相似。两人都端方正直，风声清肃，都要求儿子一心只读圣贤书，求取功名，光宗耀祖。

曹雪芹写《红楼梦》，稿未完而人先亡。乾隆晚年，和珅呈上了一部《红楼梦》，乾隆看过许久，掩卷而叹："此盖为明珠家事作也。"

九

未曾清贫难做人，不经打击永天真。成熟不过是善于隐藏，沧桑不过是无泪有伤。

是否多情之人，总是将生命挥霍得太快？"诗鬼"李贺、六世达赖仓央嘉措、半僧半俗的苏曼殊，都是在红尘中匆匆游历一回，就迫不及待地离去。

他们用青春做献祭，将领取的、收获的，都早早归还给泥土，归还给江河，归还给岁月。

谨以此文，纪念在历史中真实活过的纳兰容若和在曹雪芹笔下一直活着的贾宝玉。

教育篇：腹有诗书气自华

这些错误的爱，薛姨妈都占全了

一

一直觉得，薛姨妈是一个烂好人，体现在对孩子的教育上，有三个明显的错误：一是无原则，二是不放心，三是不欣赏。

二

薛姨妈和王夫人是亲姐妹，娘家是"贾、史、王、薛"四大家族之一王家，哥哥王子腾先后担任京营节度、九省统制等职务，位高权重。薛姨妈的夫家是四大家族之一薛家，世代皇商。

王家和薛家的联姻，是典型的强强联合。

不过，薛姨妈的丈夫去世得早，薛姨妈膝下只有薛蟠、薛宝钗这一对儿女。

古代社会，男尊女卑，儿子是继承香火的命根子。因此，薛姨妈对薛蟠分外溺爱纵容，导致薛蟠"性情奢侈，言语傲慢。虽也上过学，不过略识几个字，终日惟有斗鸡走马、游山玩景，老大无成"。

三

先说无原则。薛姨妈的无原则，尤其体现在薛蟠打死人以后。

《红楼梦》第四回，薛姨妈、薛蟠、宝钗从金陵去京城，在路上，薛蟠看上了香菱（甄士隐之女），要从人贩子手里将她买来做妾。

不料人贩子贪得无厌，本已将香菱卖给冯渊，见薛蟠出手豪阔，就又卖给了薛蟠，犯了典型的"一女卖二夫"之错。

冯渊自然不肯让人，薛蟠一向有恃无恐，就喝令豪奴将冯渊打死了。

杀人偿命，天经地义。但薛蟠视人命官司为儿戏，认为花上几个钱就能摆平官司，带着母亲、妹妹、香菱扬长而去。

书中未提薛姨妈批评薛蟠的只言片语，只说贾雨村拿着《护官符》，替薛蟠摆平了这件事。

贾政有些看不过去，对王夫人说："姨太太已有了年纪，外甥年轻，不知庶务，在外住着恐又要生事，不如住在咱们东南角上梨香院吧。"

薛姨妈以为薛蟠的官司就这样不着痕迹地过去了。其实，薛蟠不仅害了冯渊，也害了宝钗。宝钗原本是有资格参加选秀的，但因为有了这样一个"杀人犯"哥哥，选秀入宫自然成了泡影。

但薛姨妈似乎依然没有意识到她的错误。

《红楼梦》第四十七回，薛蟠看上柳湘莲，想占人家便宜，结果反被柳湘莲教训了一顿，打得鼻青脸肿地回家。

薛姨妈见了，十分心疼，虽然骂了薛蟠，但更多的是骂柳湘莲，并要告诉王夫人，派人去捉拿柳湘莲。幸亏宝钗清醒，及时劝阻："这不是什么大事，不过他们一处吃酒，酒后反脸常情。谁醉了，多挨几下子打，也是有的。况且咱们家的无法无天的人，也是人所共知的。如今妈妈先当件大事告诉众人，倒显得妈妈偏心溺爱，纵容他生事招人，倚着亲戚之势欺压常人。"

宝钗这番话，倒是一针见血，道出了薛姨妈一直以来对儿子的无原则的溺爱。正是这样无原则的爱，让薛蟠一天天变成了"呆霸王"。

四

再说不放心。

薛家世代皇商，但薛蟠"一应经纪世事全然不知，不过赖祖父旧日的情分，户部挂个虚名支领钱粮，其余事体，自有伙计老家人等措办"。说白了，就是一个不学无术、游手好闲的败家子。这一方面是因为他自己不思进取，另一方面也是因为薛姨妈的不放心。

《红楼梦》第四十八回，被柳湘莲教训后的薛蟠，自觉无脸留在京城，打算跟老伙计去外地做生意。薛姨妈怕他在外生事，不同意他去，说："你好歹跟着我，我还放心些。况且也不用这个买卖，等不着这几百银子使。"薛蟠赌气说："天天又说我不知世事，这个也不知，那个也不学。如今我发狠把那些没要紧的都断了，如今要成人立事，学习买卖，又不准我了。叫我怎么样呢？我又不是个丫头，把我关在家里，何日是了了日？"

从薛蟠这番话中，可以看出薛姨妈对薛蟠的心态是：只要你在我眼皮子底下，哪怕你不学无术，也好过在外折腾。用现在的话说，是父母折断了孩子的翅膀，却埋怨孩子不会飞翔，或者是明知不能养孩子一辈子，却从小娇惯孩子。

薛姨妈的不放心，无形之中剥夺了薛蟠学本领、长见识的机会。因此，薛蟠不学无术，也不能全怪他本人。

五

最后说不欣赏。

当今社会，我们提倡赏识教育，要善于发现孩子身上的优点和亮点，多鼓励孩子，帮助孩子树立信心，克服困难，坚定不移地为梦想而努力。

在这方面，薛姨妈刚好相反。《红楼梦》第三十五回，因宝玉挨打的事，薛蟠错怪母亲和宝钗，借着酒疯闹了一场。第二天，他后悔了，向她们道歉，并向她们保证："妈妈也不必生气，妹妹也不用烦恼，从今以后，我再不和他们一块儿喝酒了，好不好？"

这时，宝钗的反应是鼓励和肯定，笑道："这才明白过来了。"

但薛姨妈的反应是奚落和嘲笑，说："你要有个横劲，那龙也下蛋了。"

薛蟠此时的心态，正处于"弃暗投明"阶段。

这个时候，像宝钗这样鼓励他，肯定他，他就会真的往好的方向发展，但如果像薛姨妈这样奚落他，嘲笑他，他就会觉得，反正你已经把我看扁了，我再怎么努力也改变不了你对我的看法了，那就死猪不怕开水烫，继续混日子吧。

"子不教，父之过"，每一个"问题孩子"身上，都有父母的影子。

透过薛蟠看薛姨妈，相信我们有启发。

成长是关不住的

一

一部《红楼梦》，经学家看见《易》，道学家看见淫，才子看见温柔缠绵，革命家看见反清复明，流言家看见宫闱秘事……

身为母亲，我看到了父母与子女的相处之道。

当我们看到贾瑞调戏王熙凤时的不堪，看到贾环陷害宝玉时的阴暗，看到薛蟠打死冯公子后扬长而去的无法无天，是否想过，是什么让他们走到了这一步？

原生家庭对一个人的成长大有影响。贾瑞、贾环、薛蟠的"坏"，并非与生俱来，而是和他们的家庭教育息息相关。

贾代儒的严，导致了贾瑞的毫无自制力；薛姨妈的宠，导致了薛蟠的为所欲为；赵姨娘的扭曲，导致了贾环的同样扭曲。

很多时候，自以为最爱孩子的父母，却不知不觉做着南辕北辙的事，犯了南辕北辙的错。

二

先说贾瑞。

但凡读过《红楼梦》的人，一提起贾瑞，对他的印象，大抵是两个字——下流。

贾瑞的下场是很不堪的，但似乎很少有人会同情他。谁让他自不量力，癞蛤蟆想吃天鹅肉，去招惹王熙凤呢？王熙凤是好惹的吗？

光看贾瑞调戏王熙凤那个桥段，我们一定会以为，贾瑞是个缺少管教的浪荡公子。但是，恰恰相反，贾瑞的家教，不是一般的严。

贾瑞父母早亡，跟着祖父贾代儒过日子。贾代儒是谁？就是和贾母的丈夫贾代善同一辈分、德高望重的私塾先生，他教宝玉等贾府族中子弟做学问，连贾政也尊称他为"太爷"。

可惜的是，贾代儒子女缘薄，儿子早逝，只给他留下一个孙子，名叫贾瑞。贾瑞是贾代儒在世上唯一的血脉，于是，贾代儒对贾瑞寄予厚望，从小严加管教，不许他多走一步路，不许他在外面乱交一个朋友，要求他一心只读圣贤书。

三

贾瑞也算老实，对祖父的话言听计从。老实到什么程度呢？老实到二十多岁了，还没娶媳妇。

在那个时代，贾瑞算是大龄未婚青年了。看看宝玉的哥哥贾珠，不到二十岁就娶妻生子了。贾瑞大龄未婚，一则可能因为贾代儒老先生一门心思教书育人，没心思考虑孙子的婚事；二则可能因为贾瑞怕爷爷，不敢和爷爷提娶媳妇的事，怕爷爷骂他不思进取。

当他在宁国府后花园偶遇美艳少妇王熙凤后，顿时欲火攻心，不可自拔。

试想如果贾瑞有媳妇了，他还会被王熙凤的"相思局"折磨得如此神魂颠倒，如此欲罢不能吗？

四

为了赴王熙凤的约会，贾瑞在荣国府里苦等了一夜。结果当然是被王熙凤放了鸽子，天亮时悻悻回家。

这可是贾瑞长这么大第一次"夜不归宿"，在贾代儒看来，这还了得！

贾代儒审问孙子昨晚去哪了，贾瑞不敢说真话，只好撒谎：

"往舅舅家去了，天黑了，留我住了一夜。"

从这句话可以看出贾瑞其实够老实，连说谎都不会。去舅舅家过夜这种谎能说吗？稍一核实就穿帮了。

果然，贾代儒气不打一处来，严厉地说："自来出门非禀我不敢擅出，如何昨日私自去了？据此也该打，何况是撒谎！"然后，发狠将贾瑞按倒打了三四十板，不许他吃饭，叫他跪在院内读文章，定要补出十天功课来方罢。

贾瑞先冻了一夜，如今又挨了打，又饿着肚子，又跪在风地里念文章，这是要有多倒霉就有多倒霉，用书中的话说，是"其苦万状"。

五

贾代儒这样严管贾瑞，他的出发点当然是为贾瑞好。但事实上，这样的严管，对贾瑞真的好吗？

贾代儒的严，一是导致贾瑞不敢说真话。他不敢说自己想娶媳妇，也不敢说昨晚被凤姐戏弄了，于是，只好说谎。说谎的结果是，爷爷不知道孙子的真实想法。

贾代儒的严，二是导致贾瑞不具备一个成人应有的自制力。自制力也是需要训练的。在贾瑞的成长过程中，贾代儒不允许他接触任何可能的诱惑，相当于将他"关"在一个安全的真空地带。但成长是"关"不住的。成年后的贾瑞，一定会走出真空地带，一定会遇到诱惑，这时需要的是自制力。

没有丝毫自制力的贾瑞，一旦遇见凤姐这样的诱惑，就一头栽了进去，彻底失控了。

六

设想，如果贾代儒对孙子不是这样一味严管，而是宽严并济，那么，贾瑞第一次被凤姐戏弄，又冷又饿回家时，或许会告诉贾代儒真实情况。只要孩子愿意和长辈说真话，就没有什么真正的难题。贾代儒可以对孙子"晓之以理，动之以情"，劝他走出迷津，并帮他定一门亲事，娶一个媳妇。

如果贾代儒能为孙子做这些，贾瑞一定不会一而再、再而三地上王熙凤的当，也不至于走向最后的毁灭。

少疼她些就好了

一

"爱"很微妙，太多则滥情，太少则薄情。不仅男女之间，父母和子女之间，也有一个"度"的问题。

《红楼梦》中的刘姥姥，虽不识字，却有一种庄稼人的大智慧。

当王熙凤抱着生病的巧姐问刘姥姥该咋办时，她简简单单一句话就点醒了王熙凤。

这句话是"以后姑奶奶倒少疼她些就好了"。

二

王熙凤向来高傲，能入她法眼的，整本《红楼梦》中，除了贾母，很难找出其他什么人了。不过，她对来自乡下的穷亲戚刘姥姥非常亲热，不仅让她为女儿取名字，还让女儿认刘姥姥为干娘，这莫非是太阳从西边出来了？

其实，刘姥姥身上，自有让王熙凤佩服的地方，比如这句"以后姑奶奶倒少疼她些就好了"。

三

刘姥姥何许人也？她和贾府之间，其实原本八竿子都打不到一起。

简单地说，刘姥姥的女婿叫王狗儿，王狗儿的爷爷也做过小官，认识王夫人（贾宝玉妈妈）的父亲，并连了宗认作侄儿。后来，狗儿的爷爷去世了，家道中落，就迁到城外务农。狗儿娶妻成家后，生了儿子板儿，并将寡居的丈母娘刘姥姥接来同住，方便照看板儿。

这就是刘姥姥与贾府之间很牵强的一点点关系。

当狗儿抱怨日子艰难，过不下去时，刘姥姥提醒狗儿去贾府想想办法。狗儿脸皮薄，不肯出面。刘姥姥挺身而出，抱着"尽人事，听天命"的心态，带着板儿来到了贾府。

在侯门似海深的贾府，刘姥姥却以庄稼人的幽默和豁达，赢得了贾府上上下下、老老少少的一致喜欢。

刘姥姥回老家时，荣国府里从上到下，左一声"姥姥"，右一声"姥姥"，送了刘姥姥一马车吃、穿、用的东西。

刘姥姥不辱使命地凯旋。

四

刘姥姥为人处世，无疑有一种智慧。比如，她对爱孩子的分寸的掌握，是有智慧的。

那天，在贾府住了一阵子的刘姥姥，到王熙凤屋里来告辞，准备回老家去。

王熙凤和她开玩笑说："你别喜欢，都是为你，老太太也被风吹病了，睡着说不好过呢。我们大姐儿也着了凉，在那里发热呢。"

刘姥姥听了后，叹了口气，说了这样两句话。第一句话是"老太太有年纪的人，不惯十分劳乏的"。其实，刘姥姥的年纪比贾母还大，但她不养尊处优，身体比贾母好得多。第二句话是"小人家比不得我们的孩子们"。刘姥姥的外孙板儿，是在摸爬滚打中长大的，免疫力和抵抗力都比娇生惯养的千金小姐好得多。

五

后来，刘姥姥用土法帮大姐儿看病，大姐儿果然安稳睡着了。

这下，王熙凤对刘姥姥刮目相看，点头佩服道："我想起来，大姐儿还没个名字，你就给她起个名字，一则借借你的寿，二则你们是庄稼人，不怕你恼，到底贫苦些，你们贫苦人起个名字，只怕还压得住她。"

于是，刘姥姥就给大姐儿取名"巧姐"，因为她是七月初七生的。七月初七是民间的"乞巧节"。

刘姥姥还对王熙凤说了这样一番话："富贵人家养的孩子都娇嫩，自然禁不得一些儿委屈。再她小人儿家，过于尊贵了也禁不起。以后姑奶奶倒少疼她些就好了。"

六

太疼孩子，其实就是过度地爱孩子。过度的爱，会削弱孩子的"生命力"，让孩子逐渐成为温室里的鲜花或是被豢养的宠物。

漫山遍野的鲜花和温室里的鲜花，谁的生命力更强？

在非洲草原上奔跑的狮子和被豢养在动物园里的狮子，谁的生命力更强？

无疑是前者。

一个在父母过度的爱中长大的孩子，生命力其实是很弱的。一旦遇到外界环境的改变，或遭遇困难和挫折，常常没有办法应对和抵御，很容易一蹶不振。

七

《红楼梦》的十二金钗里，结局最好的人，是巧姐。

贾府被抄家后，巧姐被舅舅卖到了妓院，幸亏被刘姥姥救下，嫁给板儿，过上了平凡却一世安稳的生活。

正如刘姥姥给巧姐取名时说的那样，日后大了，一时有不遂心的事，必然是逢凶化吉，遇难成祥，都从那"巧"字上来。

在刘姥姥的智慧里，人生或许无法避免"凶"和"难"，但只要有足够的生命力，就可以"逢凶化吉，遇难成祥"。

"少疼她些"，不就是为了让孩子有足够的生命力吗？

青春期和禁书

一

青春期和禁书，一直有着紧密联系。千百年来，莫不如此。比如，《红楼梦》中的贾宝玉、林黛玉、薛宝钗等人，都在青春期偷偷看过《西厢记》《牡丹亭》……在他们所处的时代，这是大家闺秀不该看的禁书。

二

《红楼梦》第二十三回，宝玉、黛玉、宝钗、探春等众姊妹搬入大观园后，每天读书写字、抚琴下棋、吟诗作画、拆字猜谜，十分惬意。不过，日子久了，难免有些发闷。于是，宝玉的小跟班茗烟到外面书摊上买了赵飞燕、赵合德、武则天、杨玉环等美女的外传，供宝玉消遣。

宝玉如得珍宝，"把那文理雅道些的，拣了几套进去，放在床顶上，无人时方看；那粗俗过露的，都藏于外面书房内"。

一天早饭后，宝玉拿了一套《西厢记》，坐在沁芳闸桥桃花底下一块石头上，津津有味地看了起来。正看得入迷时，被前来葬花的黛玉逮了个正着。

黛玉从未见宝玉如此爱看书，就好奇地问："什么书？"

宝玉见问，慌忙藏了，说道："不过是《中庸》《大学》。"

黛玉道："你又在我跟前弄鬼。趁早儿给我瞧瞧，好多着呢！"

宝玉道："妹妹，要论你我是不怕的，你看了好歹别告诉人，真是好文章！你要看了，连饭也不想吃呢！"

于是，黛玉放下花锄，接书来瞧，从头看去，越看越爱，不到一顿饭的工夫，就看了好几出了，但觉词句警人，余香满口。一面看了，一面只管出神，心内还默默记诵。

宝玉笑道："妹妹，你说好不好？"黛玉笑而不语。

宝玉情不自禁地引用了《西厢记》中的唱词，脱口而出道："我就是个'多愁多病的身'，你就是那'倾国倾城的貌'。"

黛玉听了，不觉带腮连耳通红。聪慧如黛玉，自然明白宝玉是借张生之口，向她表达爱慕之意。

三

其实，并不只是贾政眼里"离经叛道"的宝玉和黛玉偷看禁书，即使是"三好学生"宝钗，也看过这些禁书。

《红楼梦》第四十二回，贾母在大观园宴请刘姥姥，大家喝酒行酒令。黛玉情急之下说漏了嘴，将《牡丹亭》中的"良辰美景奈何天"，《西厢记》中的"纱窗也没有红娘报"等句子搬了出来。

事后，宝钗特地来到潇湘馆，问黛玉："昨儿行酒令你说的是什么？我竟不知哪里来的。"

黛玉想起昨儿失于检点，不觉红了脸，便搂着宝钗笑道："好姐姐，你别说与别人，我以后再不说了。"

宝钗见她羞得满脸飞红，满口央告，便不再往下追问，语重心长地说："你当我是谁，我也是个淘气的，从小七八岁上也够个人缠的。我们家也算是个读书人家，祖父手里也爱藏书。先时人口多，姊妹弟兄都在一处，都怕看正经书。弟兄们也有爱诗的，也有爱词的，诸如这些'西厢''琵琶''元人百种'，无所不有。他们是偷背着我们看，我们却也偷背着他们看。后来大人知道了，打的打，骂的骂，烧的烧，才丢开了。"

从中可以看出，所谓的禁书，对青春期的孩子来说，其实是禁不住的。

就像黛玉、宝钗偷读《牡丹亭》《西厢记》那样，我们年少时，不也瞒着老师和父母，读过琼瑶、岑凯伦、梁凤仪、亦舒、席绢、张小娴、金庸、古龙、梁羽生、温瑞安吗？

四

那么，读了禁书的孩子，就一定会学坏吗？非也。只要你的阅读世界里，不是只有禁书。

才女黛玉自不必说，就连父亲眼中"腹内草莽"的宝玉，也看了不少禁书以外的课外书。十二三岁的他，熟读唐诗宋词，大有出口成章的天赋。

《红楼梦》第十七回，贾政让宝玉为刚建成的大观园题匾额和对联。宝玉即兴创作"绕堤柳借三篙翠，隔岸花分一脉香""宝鼎茶闲烟尚绿，幽窗棋罢指犹凉""吟成豆蔻诗犹艳，睡足荼蘼梦亦香"等诗句，让"自幼于花鸟山水题咏上就平平"的贾政和一群摇头晃脑的清客刮目相看。

《红楼梦》第二十八回，宝玉在宴会上即兴创作《红豆词》：滴不尽相思血泪抛红豆，开不完春柳春花满画楼。睡不稳纱窗风雨黄昏后，忘不了新愁与旧愁。咽不下玉粒金波噎满喉，照不尽菱花镜里形容瘦。展不开的眉头，捱不明的更漏。呀，恰便似遮不住的青山隐隐，流不断的绿水悠悠。

从这首词可以看出宝玉平时是有积累的。

比如，"照不尽菱花镜里形容瘦"和宋代柳永的《蝶恋花》中的"衣带渐宽终不悔，为伊消得人憔悴"，宋代李清照的《醉花阴》中的"莫道不消魂，卷帘西风，人比黄花瘦"意境相通，形容因相思日久而容颜消瘦。

五

宝玉也爱读哲学，比如《庄子》（又名《南华经》）。

《红楼梦》第二十一回和二十二回，两次提到他读《南华经》的情节。

第一次是正月里，史湘云来贾府做客，住在黛玉的潇湘馆。宝玉有事无事就往潇湘馆跑，结果惹恼了袭人："为了这两个妹妹，我的话你都当耳旁风了？"于是袭人装病，对宝玉爱理不理，消极怠工。宝玉只好一个人在灯下看书，看的就是庄子的《南华经》。

看到妙处，宝玉趁着酒兴，提笔写下了读后感：焚花散麝，而闺阁始人含其劝矣；戕宝钗之仙姿，灰黛玉之灵窍，丧减情意，而闺阁之美恶始相类矣……彼钗、玉、花、麝者，皆张其罗而邃其穴，所以迷惑缠陷天下者也。

这段话的大意是，世俗间的钩心斗角、名利荣辱毁了宝钗、黛玉、袭人、麝月这般美好的女子，实在太过令人遗憾叹息。这样的超然女子都能被世俗化，更何况那些尘世间的凡夫俗子。

第二次是宝钗过生日，贾母出资置办了酒戏。偏巧凤姐和史湘云拿戏子打趣黛玉，黛玉一肚子气统统撒在了宝玉头上。宝玉回到怡红院，百无聊赖，想起了《南华经》上的"巧者劳而智者忧，无能者无所求，饱食而遨游，泛若不系之舟""山木自寇，源泉自盗"等语，越想越无趣。

十二三岁的少年，遇到青春期的烦恼时，在《庄子》的世界里得到了共鸣。

六

对于阅读，我一直倾向于开卷有益。

处于青春期的人，随着诸多意识的觉醒，想看言情小说和武侠小说，是一种正常的阅读需求。

很多时候，越是不让读，孩子反而越想读，越要千方百计地偷偷读。

当年，父母对我读琼瑶小说的态度是，可以读，但要合理安排时间，不要影响学习。于是，我会在寒暑假里，一边读玛格丽特·米切尔的《飘》，一边读琼瑶的《窗外》，两者相安无事，相得益彰。

在阅读这件事上，"堵"从来都不如"疏"。

告诉孩子"合理安排时间"，远远胜过一句简单粗暴的"不可以"。

跟着黛玉学写诗

一

不要以为黛玉只会和宝玉使性子、闹脾气，其实，不和宝玉在一起时，黛玉可是一个聪慧过人、才气逼人的名副其实的才女。

在大观园诗社里，无论是咏海棠，还是咏菊花，抑或咏桃花，黛玉都是妥妥的"诗霸"，将其他同学甩得远远的，一骑绝尘。

而且，黛玉不仅擅长写诗，还擅长教别人写诗。比如，黛玉教香菱写诗时，从讲解理论、品读范文到切磋讨论、多加练习，整套教学方法可圈可点，让人深感佩服。

二

在《红楼梦》中的人物生活的那个年代，吟诗作赋是读书人的基本功。人们随口吟诗，就像我们现在随口唱歌那样简单。

香菱原名甄英莲，是甄士隐的女儿，不幸幼年被拐，一番波折后，被人贩子卖给"呆霸王"薛蟠当小妾。《红楼梦》第四十八回，悔过自新的薛蟠跟着老管家张德辉外出经商一年，香菱终于有机会到大观园里和宝钗同住。

香菱聪敏伶俐，喜欢诗词，只是没有机会学写诗，如今进了大观园，第一个念头便是学诗。向谁学呢？自然是黛玉。

当香菱向黛玉开口说要学诗时，黛玉笑说："我虽不通，大略也还教得起你。"

香菱笑说："我拜你为师，你可不许腻烦。"

接下去，黛玉说了一段很有意思的话，请看——

黛玉笑说："什么难事，也值得去学。不过是起承转合，当中承转是两副对子，平声对仄声，虚的对实的，实的对虚的，若是果有了奇句，连平仄虚实不对都使得。"

对于这段话，我不由拍手称好，再没有比黛玉对律诗的这番概括更一语中的、通俗易懂的了！

黛玉三言两语，不仅撮其要，炼其精，明白晓畅地说清楚了律诗的精髓，更重要的是，她深入浅出，化复杂为简单，消除了香菱对学诗的畏惧。

古往今来，真正有水平的老师，往往擅长化复杂为简单，向学生传授知识时通俗易懂，反之，则会化简单为复杂，用一大堆术语彰显自己的水平，让学生云里雾里，不知所云。

从这番话可以看出，林黛玉是当之无愧的好老师。

三

不止于此，当香菱感叹说"原来这些格调规矩竟是末事，只要词句新奇为上"时，黛玉肯定了香菱的感受，并补充说："正是这个道理，词句究竟还是末事，第一立意要紧，若意趣真了，词句不用修饰，自是好的，这叫做'不以词害意'。"

在黛玉看来，写诗最重要的是立意，其次是词句，最后是平仄虚实。如果立意平平，哪怕辞藻对仗华丽，也是没有灵魂的。

因此，当香菱说她喜欢陆游的"重帘不卷留香久，古砚微凹聚墨多"时，黛玉马上说："断不可学这样的诗，你们因不知诗，所以见了这浅近的就爱，一入了这个格局，再学不出来的。"

那么，黛玉喜欢怎样的诗呢？《红楼梦》第四十回，宝玉、黛玉等人在大观园的荇叶渚上坐船，宝玉看到湖中的荷叶，说："这些破荷叶可恨，怎么还不叫人来拔去？"黛玉却说："我最不喜欢李义山的诗，只喜他这一句，'留得残荷听雨声'，偏你们又不留着残荷了。"宝玉听了，忙说："果然好句，以后咱们就别叫人拔去了。"

"留得残荷听雨声"出自李商隐的《宿骆氏亭寄怀崔雍崔

衾》，原文是"竹坞无尘水槛清，相思迢递隔重城。秋阴不散霜飞晚，留得枯荷听雨声"。

我们不妨闭上眼睛，细细品味"留得残荷听雨声"的意境，就明白黛玉为何喜欢这句诗了。黛玉自己写诗，也从不墨守成规，不被所谓的"平仄虚实"束缚，总是胜在立意，别具一格。

四

好，说完了写诗的立意、词句、平仄虚实等理论知识后，接下去，黛玉会让香菱开始写诗吗？不急，先从读诗入手。

常言道："熟读唐诗三百首，不会吟诗也会诌。"阅读是输入，写作是输出，要想写出好诗，必须下笨功夫大量读诗。

那么，问题来了，在浩如烟海的诗作中，该读哪些诗呢？

请看黛玉给香菱开出的读诗清单——一百首王维的五言律诗、一百首杜甫的七言律诗、一百首李白的七言绝句。

用黛玉的话说，就是"肚子里先有了这三个人作了底子，然后再把陶渊明、应玚、谢灵运、阮籍、庾信、鲍照等人的一看，不用一年工夫，不愁不是诗翁了"。

黛玉说入门须得先有高格，若先进了浅近的格局，便再学不出来了。王维、杜甫、李白分别是"诗佛""诗圣"和"诗仙"，正是唐诗中的三座高峰。

一个人的气质里，藏着她读过的书。黛玉的气质里，藏着王维的诗。

王维被称为"诗佛"，有极深的佛学造诣，诗中自有禅意。受王维影响，黛玉的诗词中也有一种出世的灵透之美。如大观园诗社写菊花时，她写的《问菊》中有一句"孤标傲世偕谁隐，一样开花为底迟"，这不正是她内心世界的写照？

五

因为黛玉首推王维，香菱就向黛玉借《王摩诘全集》。黛玉指点说："你只看有红圈的都是我选的，有一首念一首，不明白的问你姑娘，或者遇见我，我讲与你就是了。"

香菱是个勤奋、刻苦的好学生，当晚就在灯下一首一首读起来，第二天就来找黛玉聊读王维的律诗的感受。用香菱的话说，就是"诗的好处，有口里说不出来的意思，想去却是逼真的，有似乎无理的，想去竟是有理有情的"。

黛玉点头问道："这话有了些意思，但不知你从何处见得。"

于是，香菱就列举了王维的"大漠孤烟直，长河落日圆""日落江湖白，潮来天地青""渡头余落日，墟里上孤烟"等名句。

黛玉点评说："你说他这'上孤烟'好，你还不知他这一句还是套了前人的来。我给你这一句瞧瞧，更比这个淡而现成。"说着，就把陶渊明的"暧暧远人村，依依墟里烟"翻出给她看。

香菱恍然大悟道："原来'上'字是从'依依'两个字上化出来的。"

在学生的领悟中，老师顺势指导她进入更高的境界，如此自然可见老师的功底。这样的切磋讨论，帮助香菱一步一步理解了王维律诗的用字之妙和意境之美。

六

有了前面三步，接下来就要让香菱多加练习了。

黛玉给香菱出的题目是咏月，用十四寒的韵。题目难易合适，初学者能够把握。香菱兴致勃勃，当晚就写了一首，请看——月挂中天夜色寒，清光皎皎影团团。诗人助兴常思玩，野客添愁不忍观。翡翠楼边悬玉镜，珍珠帘外挂冰盘。良宵何用烧银烛，晴彩辉煌映画栏。

林黛玉看了，点评说："意思却有，只是措辞不雅。皆因你看的诗少，被他缚住了。把这首丢开，再作一首，只管放开胆子去作。"

黛玉这番点评，既指出优点以资鼓励，又指出缺点以便改正，并鼓励香菱摆脱束缚，打开思维，放开胆子继续写。

香菱回来，绞尽脑汁写了第二首——非银非水映窗寒，试看晴空护玉盘。淡淡梅花香欲染，丝丝柳带露初干。只疑残粉涂金砌，恍若轻霜抹玉栏。梦醒西楼人迹绝，余容犹可隔帘看。

探春、宝钗等人问黛玉这首如何，黛玉说："自然算难为她了，只是还不好，这一首过于穿凿了，还得另作。"

黛玉说的"过于穿凿"，大概是指这首诗不像咏"月"，更像咏"月色"，有点跑题了。

香菱并不气馁，日思夜想，精诚所至，金石为开，竟从梦中得了一首，请看——精华欲掩料应难，影自娟娟魄自寒。一片砧敲千里白，半轮鸡唱五更残。绿蓑江上秋闻笛，红袖楼头夜倚栏。博得嫦娥应借问，缘何不使永团圆！

对于这第三首诗，众人一致认为："这首不但好，而且新巧有意趣。"

这真是功夫不负有心人，香菱终成好诗。

七

香菱是幸运的，一张白纸的她，遇到了黛玉这样知无不言、言无不尽的高水准的老师，从一开始就站到了一个高起点，避免了很多弯路。

不仅是香菱，每一个喜欢诗歌的朋友，不妨都可以看看黛玉是如何教人写诗的。

与此同时，我们对黛玉的认识，是否多了一个角度？

世家文化的教养

一

何谓世家？"世家"最早出自《孟子·滕文公》，指门第高贵、世代为官的人家。

《红楼梦》中的贾家，就是这样诗书簪缨、钟鸣鼎食的世家。

西谚说三代打造一个贵族，中国的世家亦是如此。比如贾府的公子小姐们，从小就要接受严格的礼仪训练，使自己成为一个有教养的人。

和大富大贵相比，世家文化中的教养，更难能可贵。

在儒家社会中，世家文化教养的核心体现是尊重长辈。尊重长辈体现在日常生活的时时处处、方方面面。

二

尊重长辈的表现之一是，出门前和回家后都要向长辈汇报。用《弟子规》的话说，就是"出必告，反必面"。

《红楼梦》第三回，黛玉初进贾府时，宝玉刚好去庙里还愿了。掌灯时分，他回来后的第一件事，就是向贾母请安。贾母并未介绍宝玉和黛玉认识，而是让他先去见王夫人。宝玉连忙去了。

等见过母亲，换了家常衣服，宝玉再来见贾母时，贾母才笑道："外客没见就脱了衣裳了，还不去见你妹妹呢。"这时，宝玉看见了一个袅袅婷婷的女子，料定是林姑妈之女，忙来见礼。宝黛正式见面。

《红楼梦》第九回，宝玉要去私塾上学，穿戴齐整后，并没有直接去上学，而是先去见贾母，再去见王夫人，出来后到书房见贾政，接受长辈们的一番嘱咐后才去学堂。

《红楼梦》第五十二回，宝玉的舅舅王子腾做寿，宝玉要去舅舅家道贺。出门前，照例先到贾母处。贾母虽还未起床，但知道宝玉要出门，就让下人开了屋门，让宝玉进来。贾母见宝玉身上穿了一件大红猩猩毡盘金彩绣石青妆缎沿边的排穗褂子，感觉还不够富贵，就让鸳鸯从箱底找出一件哦啰斯国（俄罗斯）进贡的孔雀毛氅衣（雀金裘），让他穿上去做客。

三

尊重长辈的表现之二是，父母说话时要恭恭敬敬地听。用《弟子规》中的话说，就是"父母呼，应勿缓；父母命，行勿懒；父母教，须敬听；父母责，须顺承"。

《红楼梦》第五十二回，宝玉在潇湘馆和黛玉聊天，宝玉的丫鬟麝月来找他，说："太太打发了人来告诉二爷，明儿一早往舅舅那里去，就说太太身上不大好，不得亲身来。"

正和黛玉聊得正欢的宝玉，连忙站起来，答应道："是。"

麝月是丫鬟，并非宝玉的长辈，宝玉听她说话，为何要站起来？因为麝月是在替王夫人传话。

"父母教，须敬听。"王夫人让丫鬟代为转告，相当于王夫人亲自和宝玉说话，宝玉自然应该站着恭恭敬敬地听。

同样的道理，《红楼梦》第三回，黛玉初进贾府，拜见过外婆后，还要一一拜见大舅舅贾赦、二舅舅贾政。其中，拜见贾赦时，邢夫人让黛玉坐了，令下人到外书房中请贾赦。下人一时回来说："老爷说，连日身上不好，见了姑娘彼此倒伤心，暂且不忍相见。劝姑娘不要伤心想家，跟着老太太和舅母，即同家里一样。姐妹们虽拙，大家一处伴着，亦可以解些烦闷。或有委屈之处，只管说得，不要外道才是。"黛玉的反应也是"忙站起身来，一一答应了"。

在等级森严的封建社会，下人、家奴的地位本来是很低的，但当他们在转达长辈的话时，年轻的主子就应恭恭敬敬地站着听，因为这时他们代表的是长辈。

四

尊重长辈的表现之三是，对于服侍过长辈的下人，也要足够尊重。

贾府风俗是，年高服侍过主子的老用人，比年轻的主子还有体面。

《红楼梦》第四十三回，贾母召集合家女眷商议给凤姐过生日，命人拿几个小杌子来，给赖嬷嬷等三四个年高有体面的妈妈坐。而尤氏、李纨、凤姐等年轻的媳妇只能在地上站着。

赖嬷嬷虽是贾府的奴才，却非等闲之辈，因为她是贾政的奶妈。

《红楼梦》第十六回，贾琏和凤姐正在吃饭，贾琏的奶妈赵嬷嬷来了。贾琏、凤姐忙让她上炕喝酒。赵嬷嬷执意不肯。平儿就在炕沿设下茶几，摆了脚踏，请赵嬷嬷在脚踏上坐。贾琏向桌上拣了两盘肴馔，放在茶几上，请赵嬷嬷自吃。凤姐说："妈妈很嚼不动那个，倒没的倒硌了她的牙。早起有碗火腿炖肘子很烂，正好给妈妈吃。妈妈，你尝一尝你儿子带来的惠泉酒。"

看得出来，贾琏和凤姐对奶妈很尊重、热情。不管这份热情是否发自真心，但至少从礼仪上看，贾琏和凤姐体现了世家文化的教养。

不仅要尊重服侍过长辈的上了年纪的下人，对于那些服侍过长辈的年轻丫鬟，年轻的主子也应尊重。

《红楼梦》第六十三回，宝玉叫丫鬟袭人、晴雯时，偶尔直呼其名，被贾府管家林之孝媳妇听到了，她就提醒他："这些时，我听见二爷赶着这几位大姑娘竟叫起名字来。虽然在这屋里，到底是老太太、太太的人，还该嘴里尊重些才是。若一时半刻偶然叫一声使得；若只管顺口叫起来，怕以后兄弟侄儿照样，就惹人笑话这家子的人眼里没有长辈了。"

因为袭人、晴雯服侍过贾母，是贾母调教出来的丫头，因此，宝玉应该叫她们"袭人姐姐""晴雯姐姐"。

袭人、晴雯连忙解释："这可别委屈了他，直到如今，他可'姐姐'没离了嘴。不过玩的时候叫一声半声名字，若当着人，却是和先一样。"

林之孝媳妇笑道："这才好呢，这才是读书知礼的。越自己谦逊，越尊重。别说是三五代的陈人，现从老太太、太太屋里拨过来的，就是老太太、太太屋里的猫儿狗儿，轻易也伤不得他。这才是受过调教的公子行事。"

五

世家文化中，十分看重家族子弟的教养，如果后代子孙没有教养，就有辱门风，是家门的不幸。

《红楼梦》第七十一回，贾母八十大寿，南安太妃和北静王妃都前来庆贺。南安太妃想见宝玉，宝玉不在家，替贾母去庙里跪经了。南安太妃又问起众小姐，贾母自然要谦虚客套一番："她们姊妹们病的病，弱的弱，见人腼腆，所以叫她们给我看屋子去了。"

南安太妃盛情邀请一见，于是，贾母就让黛玉、湘云、宝钗、宝琴、探春出来见客，请安问好。

为何不叫迎春、惜春、贾环？贾母是明白人，自然清楚哪些孩子能代表世家文化培养出来的人。

虽然时代在变，但世家文化中那些教人尊老爱幼、知书达理的道理亘古不变。

三十岁后的长相

一

在贾府，宝玉是当之无愧的"男神"。黛玉、宝钗、袭人、晴雯、芳官等女孩自不必说了，就连一向孤芳自赏的"槛外人"妙玉，都对他心生爱慕，足见其魅力之大。

宝玉的相貌，自然是极好的。黛玉第一次见宝玉时，就在心中暗叹"看其外貌，最是极好"，只见他"面若中秋之月，色如春晓之花，鬓若刀裁，眉如墨画，面若桃瓣，目若秋波。虽怒时而若笑，即瞋视而有情。天然一段风骚，全在眉梢。平生万种情思，悉堆眼角"。这样的相貌，倒是和钟汉良饰演的《康熙秘史》中的纳兰容若有几分相似之处。

不过，我觉得，整本《红楼梦》中，最能体现宝玉魅力的，不是和黛玉初次见面时的英俊潇洒，而是在大观园题匾额对联时的那份从容不迫、才气纵横。

那一刻，他自带最耀眼的光芒。

二

不要以为宝玉真的如他父亲贾政骂的那样，不学无术，腹内草莽。其实，宝玉是有才的。

只不过，他不屑于参加父亲代表的统治阶级看重的科举考试，不屑于被封建礼教的条条框框束缚。他向往老子的"道"，羡慕庄子的"逍遥游"，痴迷于禅宗的"当头棒喝""拈花一笑"……他有他的追求和取舍。

在第十七回《大观园试才题对额，荣国府归省庆元宵》中，宝玉的才华，第一次让父亲刮目相看。

话说为了迎接贾妃元春省亲，贾府不惜投入巨资，建造了一座蔚为壮观的省亲别墅。

"衔山抱水建来精，多少工夫筑始成。天上人间诸景备，芳园应锡大观名。"元春省亲时，对这个仙境般美轮美奂的园林很满意，赐名"大观园"。当然，此是后话。

这一日，天气和暖，大观园基本竣工。贾政带着一帮清客来到园中，琢磨着如何给园中的各处景致题匾额、写对联。这可是一门学问。

中国的古典园林，凡有亭台楼阁、小桥流水之处，都要有匾额或对联。比如，杭州西湖花神庙有这样一副对联："莺莺燕燕翠翠红红处处融融洽洽，雨雨风风花花草草年年暮暮朝朝。"

苏州网师园有这样一副对联："风风雨雨寒寒暖暖处处寻寻觅觅,莺莺燕燕花花叶叶卿卿暮暮朝朝。"这些对联或应景,或抒情,尽显中国古典文学之美。

三

自诩熟读"四书五经"的贾政,在匾额对联方面却一般。他自己也承认:"我自幼于花鸟山水题咏上就平平,如今上了年纪,且案牍劳烦,于这怡情悦性的文章更生疏了。"

想想也是,一般来说,善于对对联的,应该是唐伯虎、徐文长等有才情、有灵气之人,而非贾政这般正襟危坐、严肃方正之人。

于是,众清客向贾政推荐了宝玉,夸宝玉才情不凡,在匾额对联方面颇有水平。一向对宝玉恨铁不成钢的贾政,破天荒地命宝玉一起前来。

宝玉向来怕父亲。在贾母、王夫人、众姊妹面前生龙活虎的他,一到了父亲面前,就像老鼠见了猫。不过,题匾额、对对联,刚好是宝玉的强项。因此,这一回,他在父亲面前侃侃而谈、娓娓道来,表现出诸多可圈可点之处。比如,沁芳亭和潇湘馆的两处对联,就颇显他的功力。

沁芳亭是一座桥上的亭,旁边一带清流,从花木深处曲折泻于石隙之下。贾政让众清客为此亭命名。有人说"翼然",有人说"泻玉"。轮到宝玉时,他说:"莫若'沁芳'二字,岂不新雅？"贾政拈髯点头，说："匾上二字容易。再作一副七言对联来。"宝玉立于亭上，四顾一望，便机上心来，念道："绕堤柳借三篙翠，隔岸花分一脉香。"贾政听了，点头微笑。

在宝玉面前，贾政从来都是不苟言笑的，此处能"点头微笑"，足见对宝玉这副对联的肯定。

我觉得，这副对联的妙处就在于明明写"水"，却不见一个"水"字，而是借"绕堤""隔岸"反衬出溪水的蜿蜒曲折，借"三篙""一脉"反衬出溪水的深度和形状，构成了一幅"柳映溪成碧，花落水流红"的清新脱俗的画面。

四

在"一带粉垣，数楹修舍，千百竿翠竹遮映"的潇湘馆，宝玉有感而发，题了对联"宝鼎茶闲烟尚绿，幽窗棋罢指犹凉"。相比之下，众清客的"淇水遗风""睢园雅迹"等，不知要被甩出多少条大街。

和在沁芳亭的对联一样，这句对联不着一个"竹"字，却写尽了"竹"的神韵。他借宝鼎煮茶时飘散出的绿色的水蒸气，写出了翠竹的遮映；借窗边下棋后手指感觉到的凉意，写出了翠竹的浓荫。这副对联，让人即使身处炎炎夏日，也能感觉到丝丝清凉。

元春省亲结束后，说大观园不可空关，让宝玉和能诗会赋的姊妹们入住，不使"佳人落魄，花柳无颜"。各人挑选住处时，宝玉问黛玉："你住哪一处好？"黛玉笑说："我心里想着潇湘馆好，爱那几竿竹子隐着一道曲栏，比别处更觉幽静。"宝玉拍手笑道："正和我的主意一样，我也要叫你住这里呢。我就住怡红院，咱们两个又近，又都清幽。"

确实，大观园里，最适合"心较比干多一窍，病如西子胜三分"的黛玉居住的，莫过于这"宝鼎茶闲烟尚绿，幽窗棋罢指犹凉"的潇湘馆了。

五

古代的诗词曲赋，相当于今天的流行歌曲的歌词，配上曲子就可以唱。宝玉那首著名的《红豆词》——"滴不尽相思血泪抛红豆，开不完春柳春花满画楼。睡不稳纱窗风雨黄昏后，忘不了新愁与旧愁"，即使放到今天，也是很好的歌词。

宝玉如果穿越到现在，无疑是李宗盛这样的创作型天才歌手。因此，和宝玉的"帅"相比，他的"才"，让他更有魅力。

或许，无论是男人，还是女人，最有魅力的时候，往往是做最擅长的事情的时候。

比如，琼瑶笔下那些二十世纪八十年代的男主角，总是喜欢坐在校园的草坪上，抱着一把吉他，自弹自唱。这样的男生，很容易俘获姑娘们的心。这一刻的他，对于异性，一定比任何时候都更具有"杀伤力"。

比如，喜欢看《灌篮高手》的女生，一定喜欢剧中的明星球员流川枫和后起之秀樱木花道。他们在球场上的飒爽英姿，让人不禁为之倾倒。

比如，旧日的香港"四大天王"之一张学友，如果光看他的长相，说实话，很一般，但当他站在舞台上，唱着《一路上有你》《一千个伤心的理由》《吻别》时，顿时就像一个小太阳，浑身散发着耀眼的光芒。

很奇怪，一个有魅力的人，连相貌也会让人越看越顺眼。就像张学友，自从爱上他的歌，觉得他这个人也越来越帅了。

六

如果说三十岁以前的长相，来自父母的遗传，那么，三十岁以后的长相，则来自后天的修炼。

遗传是无法改变的，当然，整容除外。我们应该去努力的方向，是后天的修炼。

和自己的内心对话，找到自己的兴趣所在，然后好好地去经营这份兴趣，并日复一日地坚持下去……

或许，有一天，你会忽然发现，通过这些兴趣，你拥有了更多魅力。

打球打得好，唱歌唱得好，游泳游得好，书法写得好，单车骑得好，甚至跑步跑得好，都可能成为你的魅力所在。马拉松爱好者们跑完"全马"时那种激情和自豪，让整张脸都有了不同寻常的神采。

或许，兴趣、梦想等精神层面的追求，是一个人最好的胶原蛋白，能帮助你对抗岁月流逝，让你容光焕发，青春常在。

从现在起，请对自己三十岁以后的长相负责吧。做更好的自己，遇见更美好的未来。重要的是，找到自己的魅力所在。

致我们曾经拥有的青春

一

"还记得年少时的梦吗？像朵永远不凋零的花。陪我经过那风吹雨打，看世事无常，看沧桑变化。"

也许，不知不觉中，我们中的大多数人，都会渐渐忘了那"年少时的梦"。但有一个人一直没有忘，他就是——曹雪芹。

1728 年，执掌江宁织造大半个世纪的曹家，因亏空获罪被抄家。那一年，曹雪芹仅十三岁。从此，他所有的美好记忆，都留在了青春年少时的大观园。往后的岁月，他活下去的最大动力，也许只是为了将他和姊妹们"年少时的梦"，写成一部《红楼梦》。

二

时光过去了二百多年，但那"年少时的梦"，在曹雪芹笔下，已成为一朵永不凋零的花。

《红楼梦》中的大观园，更是一座洋溢着青春之美的"青春王国"。纵观古今中外，能与之媲美的，恐怕只有东晋诗人陶渊明笔下的"桃花源"。

关于贾宝玉的原型是谁，红学界众说纷纭，莫衷一是。如果曹雪芹就是贾宝玉本人，那么，当他在被抄家后的落魄潦倒中，回忆和闺阁中的姐姐妹妹在大观园中度过的日日夜夜、点点滴滴时，那种痛心疾首和悔不当初，外人无法理解其万分之一。

"满纸荒唐言，一把辛酸泪。都云作者痴，谁解其中味？"短短二十字，道尽了曹雪芹所有不足为外人道的心事。也正是在这样一种近乎于"哀悼"的心情中，曹雪芹试图记录下他所能想起的全部往事。

一杯茶、一碗菜、一首诗、一阕词、一件衣服、一个药方……只要是和那已经逝去的青春记忆有关的，都值得他事无巨细、不厌其烦地去记录，去描述。似乎只有这样，才对得起他拥有过的"最美的时光"。

三

第十九回《情切切良宵花解语，意绵绵静日玉生香》，就是"最美的时光"中的一段。

那一日午后，宝玉照例又去黛玉的潇湘馆串门。黛玉正在睡午觉，丫鬟们都出去了，屋内静悄悄的。宝玉走上来推她道："好妹妹，才吃了饭，又睡觉。"黛玉见是宝玉，说："你且出去逛逛。我前儿闹了一夜，今儿还没有歇过来，浑身酸疼。"宝玉说："酸疼事小，睡出来的病大。我替你解闷儿，混过困去就好了。"黛玉只合着眼，说道："我不困，只略歇歇儿，你且别处去闹会子再来。"宝玉推她道："我往哪去呢，见了别人就怪腻的。"

想象一下黛玉闭着眼睛和宝玉说话的样子，就能深深体会到宝玉给予黛玉的那种"安全感"。我们和谁说话时可以闭着眼睛呢？似乎只有最亲最爱的人吧。

既然宝玉不肯走，黛玉就让他老老实实坐着说话。宝玉见黛玉歪在床上，自然也不肯好好坐着，非要和黛玉一起歪着，且要和她歪在同一个枕头上。黛玉没好气地说："外头不是枕头？拿一个来枕着。"宝玉出至外间，看了看，回来笑道："那个我不要，也不知是哪个脏婆子的。"黛玉听了，睁开眼，起身笑道："真真你就是我命中的'天魔星'！请枕这一个。"说着，将自己枕的推给宝玉，又起身拿了一个来，自己枕了。二人对面倒下说话。黛玉用手帕子盖上脸，宝玉有一搭没一搭地说些笑话，问她几岁上京，路上见何景致古迹，扬州有何遗迹故事、土俗民风……

在这一段的字里行间，宝玉和黛玉之间那种两小无猜和不避嫌疑，跃然纸上。或许，只有在从小"一床睡觉、一桌吃饭"的玩伴面前，才能卸去所有包袱和盔甲，真情流露，尽显本色。

果然，当宝钗出现时，氛围就不一样了。书中写道，一语未了，只见宝钗走来，笑问："谁说典故呢？我也听听。"这时，黛玉的反应是"忙起身让座"，宝玉的反应是停止了说笑，向宝姐姐问好。

此情此景，让我想起了宝玉梦游太虚幻境时听的十二支曲子中，有一曲《终身误》，最叫人黯然神伤。"都道是金玉良缘，俺只念木石前盟。空对着，山中高士晶莹雪。终不忘，世外仙姝寂寞林。叹人间，美中不足今方信。纵然是举案齐眉，到底意难平。"

宝钗即使如愿嫁给了宝玉，即使婚后相敬如宾，那又怎样？让宝玉一辈子刻骨铭心、念念不忘的，始终只有一个林妹妹。宝玉和黛玉之间的爱情，早已深深地嵌入了彼此的青春记忆。没有什么力量可以将他们分开。就连死亡，也不可以。

四

如果我们记住了那些"年少时的梦"，那么，即使不再年轻，我们依然会带着欣赏的目光，去看待下一代的青春，比如贾母。

每一个李莫愁，或许都曾是俏黄蓉。每一个过来人，都曾经青春年少。

一直觉得，偌大的贾府，最懂宝玉、黛玉等少年的，是贾母。贾母的难能可贵之处是，经历了跌宕起伏的一生后，依然保留了青春记忆。也正因为有了贾母的理解、鼓励和支持，"大观园"才成了宝玉和众姊妹的"青春王国"和"世外桃源"。相比之下，封建卫道士形象的贾政、王夫人之流，一定早已忘了自己的青春岁月。

贾母和孙儿们游大观园时，看到"藕香榭"，就勾起了一段回忆，说："我先小时，家里也有这么一个亭子，叫做'枕霞阁'。我那时也只像你们这么大年纪，同姊妹们天天顽去。那日谁知我失了脚掉下去，几乎没淹死，好容易救了上来，到底被那木钉把头碰破了。如今这鬓角上那指头顶大一块窝儿就是那残破了。"贾母青春年少时的调皮可爱跃然纸上。

后来，贾母哥哥的孙女史湘云来大观园中做客，大家一起办诗社时，湘云就为自己取了"枕霞旧友"这一雅号。贾母的青春记忆，延续到了孙辈湘云身上。这种延续，让人特别感动。

五

赵薇拍了一部电影，片名是《致我们终将逝去的青春》。是的，青春的记忆，每个人都拥有过，但终将或多或少、或早或晚地逝去，逝去在那匆匆赶路的征途中。

　　《红楼梦》自觉不自觉地唤醒了我们内心深处那些"年少时的梦"——我的心里，一直住着一个孩子。

生活篇：万紫千红总是春

贾母的品位

一

我一直觉得，宝玉和黛玉的审美和品位，很大程度上，来自贾母。

偌大的贾府，贾母是活得最有滋有味的人。

她的品位，体现在生活的点点滴滴、时时处处。

二

贾母对着装的品位，自然是一等一。

其他不说，单从她送给薛宝琴和贾宝玉的两件宝贝，就可略知一二。

《红楼梦》第四十九回，薛宝钗的堂妹薛宝琴来贾府做客。

贾母见了，很是喜欢，当场送宝琴一份贵重的见面礼——一款名叫"凫靥裘"的斗篷。

所谓凫靥裘，就是用野鸭面部两颊附近的毛皮制成的斗篷。据说北京故宫博物院如今保存着一件凫靥裘，由七百二十块长九点五厘米、宽六点二厘米的凫靥裘拼缝而成。穿在人身上时，凫靥裘会随着方向变换而呈现出不同的颜色，有时蓝绿，有时深紫，光彩夺目，美轮美奂。

贾母送宝琴的凫靥裘很珍贵。据贾母介绍，这是哦啰斯国送给皇家的贡品。贾府有两件，都被贾母珍藏着。一件是用野鸭子头上的毛拈了线织的，名叫凫靥裘；另一件是用孔雀毛拈了线织的，名叫雀金裘。

人和衣服，是需要气质相投的。与其说人穿衣服，不如说衣服"穿"人。贾母一直未将凫靥裘送人，或许是她觉得没有人能穿出凫靥裘的味道。直到见到宝琴，贾母才觉得合适。用史湘云的话说，就是"这一件衣裳也只配她穿，别人穿了，实在不配"。

第二天，漫天大雪，粉妆银砌，宝琴和宝玉玩性大发，踏雪折梅。

宝琴翠绿的凫靥裘和宝玉鲜艳的大红猩毡在茫茫雪地上互相映衬，堪称《红楼梦》中的经典唯美画面之一，用贾母的话说，胜过明代画家仇十洲画的《双艳图》。

另一件雀金裘，贾母送给了宝玉。就连见惯好东西的宝玉，见到雀金裘时，也有些吃惊。"金翠辉煌，碧彩闪灼"的雀金裘，恐怕也只有"面如敷粉，唇若施脂，转盼多情，语言常笑"

的宝玉配得上。

将对的衣服送给对的人，贾母向来有这个眼力。

三

贾母如果活在当代，一定是一位资深的室内设计师。她对黛玉、宝钗闺房的评价，不像一位长辈，而像一位资深设计师。

比如，贾母看到黛玉房中的窗纱是绿色的，且有些发旧，不甚满意，对王夫人说："这个纱新糊上好看，过了后来就不翠了。这个院子里头又没有个桃杏树，这竹子已是绿的，再拿这绿纱糊上反不配。"

确实，潇湘馆中，一片绿竹，凤尾森森，该配什么颜色的窗纱好呢？贾母的答案是：银红。

我们只知道大红配大绿很俗气，殊不知，银红配翠绿，却有一种低调的奢华。

二百多年后，意大利品牌"普拉达"曾推出一款翠绿色三叶草沙发，搭配的就是银红色的靠垫。普拉达的设计师，跨越中西文化和时代的差距，和贾母的品位高度一致。

又比如，贾母看到宝钗的闺房"房中雪洞一般，一色玩器全无，案上只有一个土定瓶中供着数枝菊花，并两部书、茶奁茶杯而已。床上只吊着青纱帐幔，衾褥也十分朴素"，也连连摇头，对宝钗说："我最会收拾屋子，如今老了，没有这些闲心了。让我替你收拾，包管又大方又素净。"

　　贾母会怎么布置宝钗的闺房呢？且看——

　　她立即吩咐贴身丫头鸳鸯，将她的三件梯己——石头盆景、纱桌屏、墨烟冻石鼎，摆在宝钗案上，并将宝钗的青纱帐幔换成了水墨字画白绫帐子。

　　经过贾母这番设计，宝钗的闺房不再是"雪洞一般"，而是清雅中透着高贵，低调中透着奢华。

　　品位之高下，一目了然。

四

　　贾母的品位，还体现于她的赏月、看画、听戏、闻笛……似乎没有哪个领域，是她不精通的。

　　《红楼梦》第七十六回，中秋节，阖家赏月。贾母看到一轮圆月高悬空中，有感而发道："如此好月，不可不闻笛。"

　　月下闻笛，本身就够雅致了，但还不够。贾母说："音乐多了，反失雅致，只用吹笛的远远的吹起来就够了。"

　　一会儿后，桂花树下，呜呜咽咽，悠悠扬扬，飘过笛声来。明月清风，天空地净，令人烦心顿解，万虑齐除。

　　众人赞不绝口，说："实在可听。我们也想不到这样，须得老太太带领着，我们也得开些心胸。"

　　贾母却觉得还不够完美，说："这还不大好，须得拣那曲谱越慢的吹来越好。"

　　贾母对艺术的赏鉴，果然清雅脱俗。

元宵节，贾母点戏，一出《寻梦》，一出《下书》，吩咐只用箫和笙笛伴奏。同是贵夫人的薛姨妈甚为惊奇，说："实在戏也看过几百班，从没见过只用箫管的。"

不止于此。贾母还喜欢借着水音听戏。

《红楼梦》第四十回，贾母游大观园时，凤姐请示在哪里听戏，贾母说："铺排在藕香榭的水亭子上，借着水音更好听。咱们就在缀锦阁底下吃酒，又宽阔，又听得近。"

贾母在细节上的婉转心思，着实让人佩服。

五

贾母的见识和修养，固然有优越的家世支撑，有条件，有底气，但活得粗粝的富人不也比比皆是吗？

我觉得，贾母的品位，与其说是富裕的家境给予的，不如说是一种生活态度。

她嫁入贾家，从重孙媳妇做起，一直到有了重孙媳妇。六十多年的起起伏伏、风风雨雨，是她全部的修行。

"世事洞明皆学问，人情练达即文章"，洞明一切的贾母，形成了自己的生活态度，那就是用心生活，慈悲为怀。

用心生活，方能发现生活的曼妙；慈悲为怀，方能体悟生命的不易。

品位和福分，或许只是用心生活和慈悲为怀的衍生品。

一切，都是水到渠成。

有款奢侈品，名叫软烟罗

一

奢侈品的代名词，是传承。能经历时光的洗礼而传承至今的东西，才可以成为奢侈品，比如爱马仕，比如巴宝莉，比如普拉达。

爱马仕诞生于 1837 年的法国巴黎，早年以制造高级马具起家，迄今已有一百八十多年历史。

巴宝莉诞生于 1856 年的英国伦敦，凭借经典的格子图案、独特的布料功能和大方优雅的剪裁，成为"英伦风"的代名词，迄今已有一百六十多年历史。

普拉达诞生于 1913 年的意大利米兰，迄今已有一百多年历史。

2006 年，有"女王范儿"的梅丽尔·斯特里普主演电影《穿普拉达的女王》，将普拉达的强大气场演绎得淋漓尽致。

这些都是欧洲品牌，中国有奢侈品吗？

二

当然有。比如，早在二百多年前，《红楼梦》中的贾家就有许多奢侈品。那就聊聊其中一款奢侈品——软烟罗。

《红楼梦》第四十回中，贾母带刘姥姥等人逛大观园，来到黛玉住的潇湘馆时，看到潇湘馆的窗纱颜色旧了，就提到了一种极薄的纺织品，学名"软烟罗"。

软烟罗有四种颜色：一是雨过天青色，二是秋香色，三是松绿色，四是银红色。用软烟罗做的帐子，糊的窗屉，远远看去，就像烟雾似的，所以叫作"软烟罗"。

软烟罗不仅颜色稀奇，质地更是极其软、厚、轻、密，世间罕见。

自认"没有不经过不见过"的王熙凤，看到软烟罗时，竟也不认识，误以为蝉翼纱。

见多识广的贾母笑向众人道："那个纱比你们的年纪还大呢。怪不得凤丫头认作蝉翼纱，原也有些像，其实正经名字叫作软烟罗。如今上用的府纱也没有这样软厚轻密的了。"

听贾母如此说，"行动派"王熙凤忙派人去库房取了一匹，众人看了，都称赞不已。

一旁的刘姥姥觑着眼看，口里不住地念佛，说道："我们想做衣裳也不能，拿着糊窗子岂不可惜？"

一句话提醒了贾母。于是，贾母对凤姐说："再找一找，只怕还有，要有就都拿出来，送刘亲家两匹。有雨过天青的，我做一个帐子挂上。剩的配上里子，做些个夹坎肩儿给丫头们穿，白收着霉坏了。"

我想，如果软烟罗能流传至今，搭配其他面料设计成时装，在巴黎、米兰、伦敦、纽约的 T 台上一亮相，一定会惊艳全世界。

那气场，恐怕就连"普拉达"都要被比下去了。

三

曹雪芹见过软烟罗吗？我想，应该见过。即使没见过，一定也听家族的人说起过，因为曹家声名显赫，执掌江宁织造前后长达五十七年。

曹家的故事，要从曹雪芹的曾祖父曹玺说起。

曹玺的妻子孙氏是康熙皇帝玄烨幼时的保姆（也有说是乳母）。

1662 年，康熙登基，时年八岁。

1663 年，康熙任命"奶爸"曹玺为江宁织造。

关于江宁织造，人们知道的是，负责置办宫廷和朝廷官用的绸缎布匹；人们不知道的是，其实相当于康熙安插在南京的重要密探。因此，必须用"自己人"。

曹玺在这个岗位上，一干就是二十一年，直至 1684 年病逝。

1690 年，曹玺的儿子、和康熙从小玩到大的曹寅被康熙派往苏州，担任苏州织造。两年后，调任江宁织造。

从 1692 年至 1728 年，曹寅和他的儿子曹颙、曹頫连任江宁织造三十六年。

从 1663 年算起，除去中间断档的八年，曹家担任江宁织造长达五十七年。

一个家族，绵延三代，长达半个多世纪的时间，都在和纺织品打交道。这个家族对纺织品的精通，到了惊人的地步。

四

如果《红楼梦》是曹雪芹的自传，他是书中的贾宝玉，那么，贾母的原型就是曹寅的妻子。

如果贾宝玉的原型是曹雪芹的叔叔辈，那么，贾母的原型就是曹玺的妻子孙氏。

无论贾母的原型是谁，她一定是精通纺织品的内行人。她在纺织品方面的品位，代表了曹家的真实水平。

和贾母相比，把什么面料都统称为"布"的我们，真是活得太粗糙了。

比如，我们知道丝织品有哪些类别吗？除了绫、罗、绸、缎这常见的四种，还知道绢、纱、绮、锦、缂丝吗？它们有什么区别呢？

贾母喜欢的软烟罗，是"罗"的一种。

"罗"是采用绞经组织使经线形成明显绞转的丝织物，可以细分为生罗、熟罗、横罗、直罗、七彩罗、九丝罗等不同品种。它最早出现于商代，到了唐代，浙江的越罗和四川的单丝罗都十分著名。据说，上好的单丝罗，一匹重量不到五两，其轻巧让人咂舌。这还不够，有种名为"轻容"的纺织品，柔如烟雾，薄如蝉翼，比单丝罗还要珍贵。

五

按说，对纺织品如此内行的曹家，是可以像爱马仕、巴宝莉、普拉达那样，将品牌一代一代传承下去的。当卓越的品质加上悠久的历史，想不成为奢侈品都难。

曹家的悲剧，在于五十七年的江宁织造生涯，在被雍正皇帝抄家的那一刻，付之一炬，灰飞烟灭。从物质到精神，从财富到文化，都被无情地斩草除根，树倒猢狲散。曾经钟鸣鼎食的曹家，到头来，落了个"白茫茫大地真干净"。

连凤姐都不熟悉的软烟罗，从此更是少人问津。年代久了，其工艺逐渐消亡。今天的我们，已无缘再见。正如那首旷世名曲《广陵散》，在"竹林七贤"之首嵇康从容赴死后，"于今绝矣"。

六

曾经，有一款奢侈品，名叫软烟罗。

后来，它和其他众多工艺精湛的纺织品，成了一个家族的陪葬品，消逝在历史的尘埃里。

当我们遗憾于当下的中国没有奢侈品时，不妨回眸看看二百多年前的《红楼梦》。老祖宗留给我们很多好东西，就看我们怎么用。

如果说曹家的毁灭，只关乎一个家族，那么，文化和工艺的断裂，关乎一个时代。

软烟罗已不在人间，但软烟罗带给我们的思考，依然有其价值。

那一场二百多年前的"时装秀"

一

"看秀"越来越成为时尚界的一种风尚。

明星们衣香鬓影，频频现身于巴黎、米兰、纽约、伦敦等国际四大时装周。从维多利亚的秘密到普拉达，从阿玛尼到范思哲，从路易威登到巴宝莉……似乎只要往 T 台边的长凳上一坐，就是时尚圈中的"达人"了。

让我一直念念不忘的是，《红楼梦》第四十九回中提到的那场"时装秀"。

二百多年前，在大观园芦雪庵雪地上举行的那场"时装秀"，那场面，那阵势，那感觉，让人喟叹。

二

和常规的时装周不同，江宁织造府的这场"秀"，T台不在室内，而是在一片白茫茫的雪地上。

那一天，一大早，宝玉起床一看，只见窗上光辉夺目。透过玻璃窗往外一看，原来不是日光，竟是一夜的雪。此时，天上仍在搓绵扯絮地下，地上已经积了一尺多厚，活脱脱一个银装素裹的"琉璃世界"。南方的小伙伴们，赶紧想象一下。

这还不够。妙就妙在远处还有青松翠竹，近处还有十数枝红梅，胭脂一般，映着雪色。白雪、青松、翠竹、红梅，这四种颜色互相衬托，该是何等明媚！可怜四大时装周的舞台设计师们，即使想破脑袋，也未必能够呈现这样的T台效果吧。

三

下面，"名模"们陆续登场。

首先出场的是薛宝琴。她披着一领斗篷，款款走来，金翠辉煌，不知何物。此时，一个甜美的画外音恰到好处地响起："这款斗篷，名叫'凫靥裘'。用野鸭面部两颊附近最柔软的毛皮制作而成。随着方向的变换，会闪现不同的颜色。有时蓝绿，有时深紫，光彩夺目。"

薛宝琴在 T 台上袅袅婷婷地走着，转身离去时，从袖中取出一枝红梅，留下了一个惊艳世人的定格。画外音点评："好一幅明代大画家仇十洲的《艳雪图》！"

第二个出场的是林黛玉。这位"名模"的容貌，比春秋时期越国美女西施还美三分。只见她"两弯似蹙非蹙罥烟眉，一双似喜非喜含情目。态生两靥之愁，娇袭一身之病。泪光点点，娇喘微微。闲静似娇花照水，行动如弱柳扶风"。

她的一身行头是这样的：脚上穿着掐金挖云红香羊皮小靴，身上罩了一件大红羽纱面白狐狸里的鹤氅，系一条青金闪绿双环四合如意绦，头上罩了雪帽。

为方便国际友人欣赏，画外音是这样的："此款羊皮小靴和白狐狸皮鹤氅都系江宁织造府高级定制，全球限量发行。"

第三个出场的是史湘云。和前两位大家闺秀型的名模不同，该名模走的是中性加休闲的混搭路线。只见她穿着貂鼠脑袋面子、大毛黑灰鼠里子、里外发烧大褂子，头上戴着一顶挖云鹅黄片金里大红猩猩毡昭君套，围着大貂鼠的风领，脚下穿着麂皮小靴。

她大步流星地在 T 台上走了一圈后，忽然脱去了外面的褂子。原来，里头的打扮更精彩。里头是这样的：一件半新的靠色三镶领袖秋香色盘金五色绣龙窄褃小袖掩衿银鼠短袄，搭配一件水红装缎狐肷褶子，腰上紧紧束着一条蝴蝶结子长穗五色宫绦，越发显得"蜂腰猿背，鹤势螂形"，通俗地说，就是青春靓丽，帅气逼人。画外音是这样的："史小姐走中性路线，比她穿女装更俏丽。"

四

除了这三位"名模"，其他"模特"也是争奇斗艳。

白茫茫的雪地上，只见凤姐、李纨、宝钗、迎春、探春、惜春纷纷走来，那一件件大红猩猩毡、羽毛缎斗篷、莲青斗纹锦上添花洋线耙丝的鹤氅……简直是要亮瞎眼的节奏，绝对的金翠辉煌，流光溢彩！

这里少不得要提一下大观园的"顶级男模"贾宝玉。只见他身穿一件茄色哆罗呢狐皮袄子，罩一件海龙皮小小鹰膀褂，束了腰，披了玉针蓑，头戴金藤笠，脚蹬沙棠屐，好一派踏雪寻梅的风范！

我热切期盼着，有朝一日，这场二百多年前的"雪地豪华时装秀"，能亮相于上海时装周。考虑到上海不够冷，建议将时装周的地点安排在冰天雪地的哈尔滨。让世界各地的时尚人士们开开眼界，看看什么才是真正的中国时尚！

茄鲞和荷叶羹

一

有的人，明明可以拼脸蛋，却要拼实力。

有着一双丹凤眼、两弯柳叶眉、模样极标致的王熙凤，似乎并不稀罕被人称为"美女"。她更引以为豪的，是她那令人惊叹的能力。

阅人无数的贾母对凤姐的肯定，就是最好的证明。

贾母欣赏凤姐，不仅因为凤姐遇到大事"拉得出、打得响，能打仗、打胜仗"，还在于她在日常小事中"肯用心，思路清，想得到，做得好"。

有这样两件小事，足以体现凤姐不一般的能力。

二

第一件小事，是关于那二百多年来吊了无数"吃货"胃口的"茄鲞"。

其实，富贵人家也有富贵人家的"烦恼"。什么"烦恼"呢？闲得慌。老祖宗贾母的日常生活，无非看戏、打牌，或者和孙子孙女唠唠嗑，聊聊家常。这样的富贵日子过久了，就会腻得慌。

因此，当贾母听说家里来了一个和自己年纪相仿的刘姥姥时，很高兴，不仅盛情挽留刘姥姥住下，还亲自陪刘姥姥逛大观园。

凤姐最善察言观色，见贾母如此好兴致，自然对刘姥姥另眼相看，让贾母开心。比如，吃饭时，身为当家奶奶的凤姐，破例亲自为刘姥姥夹菜。她问刘姥姥："姥姥要吃什么，说出名儿来，我搛了喂你。"

刘姥姥道："我知什么名儿，样样都是好的。"

贾母笑道："你把茄鲞搛些喂她。"

凤姐听说，马上搛了茄鲞送入刘姥姥口中，笑道："你们天天吃茄子，也尝尝我们的茄子弄得可口不可口。"

毫无疑问，这肯定是刘姥姥这辈子吃过的最不像茄子的茄子。

她细细嚼了半天，笑道："虽有一点茄子香，只是还不像是茄子。告诉我是个什么法子弄的，我也弄着吃去。"

这种时候，相信大多数当家奶奶会传话下去，让厨师长来现场讲解，凤姐却张口即来，侃侃而谈："这也不难。你把才下来的茄子的皮削了，只要净肉，切成碎丁子，用鸡油炸了，再用鸡脯子肉并香菌、新笋、蘑菇、五香腐干、各色干果子，俱切成丁子，用鸡汤煨干，将香油一收，外加糟油一拌，盛在瓷罐子里封严，要吃时拿出来，用炒的鸡瓜一拌就是。"

三

凤姐这番话，说得真是酣畅淋漓，听得那叫一个痛快啊！厚积方能薄发。凤姐这番话，若没有平时的用心，是一定说不出来的。

首先，凤姐要了解贾母的饮食喜好。

凤姐每天伺候贾母用膳时，一定不像现在的年轻人，只顾自己低头玩手机，而是在一旁留心贾母喜欢吃什么，不喜欢吃什么。

其次，对于贾母爱吃的菜，凤姐就让厨房好好琢磨，不断完善。从刚才贾母建议凤姐为刘姥姥搛茄鲞可以看出，贾母喜欢吃这道菜。因此，凤姐一定曾让厨房仔细研究过茄鲞的食材、做法、营养价值、储藏方法等，不断改良，直到让贾母吃得满意。

很多时候，人和人的差距，就体现在这些细节上。同样是伺候贾母用膳，有的人例行公事、心不在焉，凤姐却察言观色、处处留心，时间久了，效果就不一样。

四

第二件小事，是那个"磨牙"的小荷叶儿小莲蓬儿的汤，学名"莲叶羹"。

有一次，宝玉挨了父亲一阵毒打，躺在床上动弹不得。这还了得，贾府上上下下，从贾母到王夫人到众姊妹到众亲戚，一天三番五次来看望宝玉。当然，有的人是真关心，有的人是投贾母所好，有的人是出于亲戚之间的礼节，各有各的心思。

这天，贾母、王夫人、薛姨妈、凤姐、宝钗等来瞧宝玉。

王夫人问："你想什么吃？回来好给你送来的。"

宝玉笑道："也不想什么吃，倒是那一回做的那小荷叶儿小莲蓬儿的汤还好些。"

凤姐在一旁笑道："听听，口味不算高贵，只是太磨牙了，巴巴地想这个吃了。"

听说宝玉爱吃这个，贾母便一迭声地叫人做去。

凤姐笑道："老祖宗别急，等我想一想这模子谁收着呢。"

贾府将和"吃"有关的部门细分成厨房、茶房、金银器皿房。凤姐分别问了管厨房、茶房和金银器皿房的人，最后，金银器皿房将这套模子送了过来。

不要以为找一个模子很简单，贾府这样一个有三百多口人的大家族，东西实在太多，能否迅速找到要用的东西，考验的是管理的精细化程度。

比如，贾府有许多仓库，其中一个叫"缀锦阁"。这个仓库有多大呢？书中写道："只见里面乌压压地堆着围屏、凳子、椅子、桌子、大小花灯之类，虽不大认得，只见五彩炫耀，各有奇妙。"

那个制作小荷叶小莲蓬汤的"模子"，只是贾府庞大仓库里的一个"小不点儿"。凤姐能记得如此清楚，且立马就能找到，这个功夫非常了不起。

五

再说说这个"模子"的新奇和精巧，就连皇商夫人薛姨妈都没有见过。

书中写道："原来是个小匣子，里面装着四副银模子，都有一尺多长，一寸见方。上面錾着豆子大小的花纹，有菊花的，也有梅花的，也有莲蓬的，也有菱角的，共有三四十样，打得十分精巧。"

薛家是皇商，按理薛姨妈应该见怪不怪。不料，她笑向贾母、王夫人道："你们府上也都想绝了，吃碗汤还有这些样子。若不说出来，我也不认得这是作什么用的。"

凤姐笑道："姑妈哪里晓得，这是旧年备膳，他们想的法儿。不知弄些什么面印出来，借点新荷叶的清香，全仗着好汤，究竟没意思，谁家常吃它了。那一回呈样的作了一回，他今日怎么想起来了。"

然后，凤姐立即落实下去，吩咐厨房里立刻拿几只鸡，另外添了东西，做出十来碗。除了给宝玉，大家一起尝尝。

看完这段，我对凤姐的佩服又添了几分。

凤姐提物知情，提情知物，不仅知其然，而且知其所以然。任何物件、任何事情的来龙去脉，她心里都有一杆秤和一本账。

有这样一个"最强大脑"在身边，管了几十年家的贾母，可以放心"让位"了。

六

凤姐的这番功夫，固然离不开记忆力好的天赋，但主要还是靠平时练出来的。

当宝玉、黛玉、宝钗、探春等"富贵闲人"一天到晚吟风弄月、伤春悲秋时，凤姐却忙得手脚朝天，穿梭于厨房、账房、库房之间，一刻都不得闲。

一日，李纨带着宝钗、黛玉等众姊妹去找凤姐要画画的工具和颜料。凤姐笑道："好嫂子，你且同她们回园子里去。我才要把这米账合算一算，那边大太太又打发人来叫，又不知有什么话说，须得过去走一趟。还有年下你们添补的衣服，还没打点给他们做去……"

这就是"富贵闲人"和当家奶奶的区别。

事非经过不知难。只有当过家的人才知道，一大家子的吃穿用度、衣食住行，哪一件可以省心呢？

　　李纨交代的事当然也要尽快办好。当天晚上，凤姐就命人从仓库里找出了画具，送至大观园中。众姊妹挑选了一番，有欠缺的，开了单子，让凤姐照样置办……

　　撇开"两面三刀"的一面，凤姐处理事情时井井有条、样样周到的本事，真心值得我们好好学学。

有酒有茶的日子

一

是真名士自风流。

古往今来，酒和茶，是文人雅士生活中必不可少的两样东西。

《红楼梦》中多次提到酒和茶，如惠泉酒、绍兴酒、普洱茶、龙井茶、枫露茶、女儿茶、六安茶、老君眉……

二

一部《红楼梦》，满纸茶叶香。

《红楼梦》第四十一回，贾母和刘姥姥等人逛完大观园后，一同前往妙玉修行的栊翠庵。妙玉自然要先奉上好茶。

古人喝茶，茶具也极其讲究。只见妙玉捧了一个海棠花式雕漆填金"云龙献寿"的小茶盘，里面放一个成窑五彩小盖钟，捧给贾母。

贾母道："我不吃六安茶。"

妙玉笑说："知道。这是'老君眉'。"

贾母为何不吃六安茶？不是因为六安茶不好，相反，它与西湖龙井同属天下名茶，产自安徽六安大别山一带，清代时是朝廷贡茶。只不过，它是不发酵的绿茶，滋味醇厚，且耐冲泡。贾母乃上了年纪的养尊处优之贵夫人，饮食以清淡为主，喝茶自然也喜欢口味淡雅的老君眉，而不是"重口味"的六安茶。

老君眉产自湖南洞庭湖君山，是白毫银针茶。茶形细长如眉，银毫显露，寓意是长寿，且能消食解腻，正合贾母之意。

三

好马需配好鞍，好茶需配好水。

比如，泡西湖龙井的首选是虎跑泉水。虎跑泉水是从石英砂岩中渗出来的，水质清纯，富含许多对人体有益的矿物质成分，是一种很珍贵的矿泉水。相传，乾隆皇帝曾请名家品评各地名泉，虎跑泉是全国三大名泉之一。

贾母是内行人，喝老君眉时，随口就问妙玉："是什么水？"

妙玉道："是旧年蠲的雨水。"

用雨水泡茶，这在如今显然行不通的事，在古代却并不少见。因为古人认为雨水是无根之水，此水只应天上有，是最纯净的水。

妙玉不仅用旧年的雨水泡茶，还用五年前梅花上的雪水煮开了泡茶。据说，用梅花雪水泡的茶，口感"轻浮无比，赏赞不绝"。

四

贾母是品茗高手，由她一手带大的"富贵闲人"宝玉，自然也对喝茶极其讲究。他喜欢喝什么茶呢？答案是枫露茶。

《红楼梦》第八回，宝玉去梨香院看望薛姨妈和宝姐姐，酒足饭饱回来，丫鬟茜雪为他泡了一盏茶。

他忽然想起早起的茶，就问茜雪："早起沏了一碗枫露茶，我说过，那茶是三四次后才出色的，这会子怎么又沏了这个来？"

《红楼梦》第七十八回中，宝玉悼念晴雯，写《芙蓉女儿诔》时，文中也提到了枫露茶——"群花之蕊、冰鲛之縠、沁芳之泉、枫露之茗"。

那么，"三四次后才出色"的枫露茶到底是什么茶?

和六安茶、老君眉在现实中都有根可寻不同，枫露茶犹抱琵琶半遮面，像雾像雨又像风，让人有点捉摸不透。

据红学家考证，枫露茶其实并不存在。作者只是用红枫和秋露比喻点点滴滴皆成血泪，暗含血泪之悲，和《红楼梦》第五回的"千红一窟，万艳同杯"遥相呼应，有异曲同工之妙。

五

曹雪芹在南京度过了童年，因此对黄酒情有独钟，比如无锡惠泉酒和绍兴黄酒。《红楼梦》中有两处写到惠泉酒。

一次是第十六回，贾琏护送林黛玉赴苏州料理父亲的丧事之后回京，凤姐为他设宴接风。刚好贾琏的乳母赵嬷嬷来了，凤姐连忙请她喝酒："妈妈，你尝一尝你儿子带来的惠泉酒。"

贾琏从江南返回京都，特地带惠泉酒回家饮用，想必是好酒。

另一次是第六十二回，宝玉过生日，除白天喝酒庆贺外，晚上还要在怡红院宴饮。曾经学戏的芳官对宝玉说："若是晚上吃酒，不许教人管着我，我要尽力吃够了才罢。我先在家里，吃二三斤好惠泉酒呢！如今学了这劳什子，他们说怕坏嗓子，这几年也没闻见。乘今儿我是要开斋了。"

据《史记》《吴越春秋》等记载，无锡是吴文化发源地之一，早在两千多年前就开始酿酒。唐代礼部尚书、华盖殿大学士李东阳曾写诗赞美惠泉酒："惠泉春酒送如泉，都下如今已盛传。"明人冯梦龙在《醒世恒言》中提到了"惠山泉酒"之名。到了清代，惠泉酒作为贡品进献皇帝。1722年，康熙驾崩，雍正继位，曹雪芹之父在江宁织造任上，一次就发运四十坛惠泉酒进京孝敬雍正。

《红楼梦》中的"绍兴酒"出现在第六十三回。袭人告诉宝玉，怡红院的丫鬟们凑份子给他庆生，一共凑了三两二钱银子，预备了四十碟山南海北干鲜水陆的酒馔果菜和一坛上好的绍兴酒。

这一晚，宝玉和丫鬟们不分尊卑，开怀畅饮，在青春岁月里画上了浓墨重彩的一笔。

六

未曾清贫难做人，不经打击永天真。

很多年后，当曹雪芹在北京西郊一边划粥而食，一边写《红楼梦》时，回忆起那些有酒有茶的日子，或许，除了悼念，更有忏悔。

这份忏悔，是对当年耽溺于物质、不懂珍惜的忏悔。

佛说，色即是空。其实，一切物质，追求到了极致，反而就成了空。这个空，是空虚，是空幻，是空空如也。

有一天，当我们终于明白戴三百元的表和三百万元的表，时间都是一样的，我们对物质的感受，或许就会不一样。

正如那晚怡红院的庆生，吃了什么，喝了什么，早已随风逝去，空空如也，但那些美丽女子的笑声和倩影，将一直留在宝玉的脑海里，成为一生的回忆。

一个人内心真正的快乐，是物质世界永远给予不了的。和谁在一起活着，才是最重要的。

从豆腐皮包子到酸笋鸡皮汤

春秋时期，被人称为"四体不勤，五谷不分"的孔子，对吃却很讲究，他有一句口头禅——"食不厌精，脍不厌细"。

比孔子晚出生两千二百多年的清朝才子曹雪芹，继承了孔子的"食不厌精，脍不厌细"，是一位地地道道的"吃货"。有多地道呢？他会根据季节变化选择不同美食，既美味又养生。比如，在最热的三伏天里，曹公为大家推荐五款夏令美食，定能让你胃口大开。我按自己的喜好，将这五款美食排序，和大家分享。

第五名——豆腐皮包子

《红楼梦》第八回，宝玉在宁国府吃饭时，吃到了一碟豆腐皮包子。他知道晴雯很爱吃，就和贾珍老婆尤氏说他爱吃这个，让尤氏打包送到怡红院。不料，包子送来时，晴雯刚吃完饭，就搁在一边准备待会再吃。结果，包子被宝玉奶娘李奶奶拿去给孙子吃了。为此，宝玉不高兴了一阵子。

宝玉和晴雯的嘴巴，向来都很刁。能让宝玉觉得好吃且特地打包的包子，一定不是一般的包子。

首先，它的皮不是面粉，而是豆腐皮。豆腐皮在北方并不多见，不仅营养价值高，且口感好，有嚼劲。其次，它的馅不是一般的肉馅，而是将猪肉、鸡肉、虾仁、香菇、木耳、青菜等切碎拌在一起，再加上姜丝、盐、糖、麻油等。

我虽没吃过豆腐皮包子，但估计一口咬下去，一定皮薄汁鲜，豆腐皮和鲜美的汤汁一起流进了嘴里，好吃到停不下来。

第四名——糖蒸酥酪

晴雯喜欢吃豆腐皮包子，宝玉就为她打包；袭人喜欢吃糖蒸酥酪，宝玉就将贵妃姐姐赏赐给他的留给袭人吃。

宝玉待她俩如此贴心，难怪她俩都想给宝玉当妾，一辈子留在宝玉屋里了。

言归正传，糖蒸酥酪是啥呢？《红楼梦》第十九回中提到了它。这是贵妃元春从宫里赏赐给她最疼爱的弟弟宝玉的。原文如下："宝玉才要去时，忽又有贾妃赐出糖蒸酥酪来。宝玉想上次袭人喜吃此物，便命留与袭人了，自己回过贾母，过去看戏。"

据专家考证，糖蒸酥酪是地道的北京风味小吃，类似现在的酸奶。主要食材是鲜牛奶、酒酿汁、冰糖、杏仁片。做法其实很简单：

第一步：将鲜牛奶放入锅内煮滚，加冰糖煮溶，放在阴凉处。

第二步：将酒酿汁慢慢倒入已凉的鲜牛奶，边倒边搅匀。然后分装到小碗内，碗口用铝箔封好，放入锅内，加盖子隔水蒸十五分钟。

第三步：蒸好冷却后，牛奶呈凝固状。放一些杏仁片。在冰箱冷藏三小时，即成一款甜而不腻、清凉爽口的夏日甜品。

第三名——火腿鲜笋汤

夏天的饭桌上，必定少不了一碗汤。否则，干巴巴的，怎么吃得下饭呢？

《红楼梦》第五十八回，宝玉喝到了一碗"好汤"。

宝玉大病初愈，小丫头捧了盒子进来站住。晴雯麝月揭开看时，有四样小菜和一碗火腿鲜笋汤。宝玉喝了一口，说道："好汤！"众人都笑道："菩萨！能几日没见荤腥儿，就馋得这个样儿。"

早在明清时期，江南就有火腿炖鲜笋的食俗。火腿与春笋合炖，滋味特鲜，江南称"腌笃鲜"。"腌"指火腿或咸肉，"鲜"指鲜笋和鲜肉，"笃"是轻煮慢炖的意思。用火腿炖春笋，自然比普通咸肉更入味。

古人重养生之道，病者不可吃荤腥和冷食。火腿鲜笋汤健脾开胃、生津益血，特别适合大病初愈的宝玉食用。能让尝遍山珍海味的公子哥夸一句"好汤"的汤，必定不是吹的。

第二名——油盐炒枸杞芽

自古富贵之人，嗜素甚于嗜荤。曹雪芹喜欢的，并非大鱼大肉，而是我们平时想都想不到的野菜，比如油盐炒枸杞芽。

《红楼梦》第六十一回提到了油盐炒枸杞芽，一道清爽、绿色、兼具食疗功能的菜品。炎炎夏日，探春和宝钗对油腻腻的荤菜没有胃口，忽然想吃油盐炒枸杞芽，打发厨房现做，果然清爽。用美食家汪曾祺的话说，那滋味，只能说"极清香"。

枸杞芽就是枸杞的嫩叶，有两种常见的吃法，一是如《红楼梦》中说的油盐炒食；二是用开水焯了，切碎，加香油、酱油、醋，凉拌了吃。和枸杞子一样，枸杞芽也有清肝明目、退热解毒之功效，适合夏日食用。

无独有偶。晴雯也爱吃一款清淡的小炒——蒿菜炒面筋，少放油。其口味估计和油盐炒枸杞芽相似，都"极清香"。

第一名——酸笋鸡皮汤

曹公推荐的菜品中，最让我垂涎欲滴的，莫过于这款酸笋鸡皮汤。

《红楼梦》第八回，宝玉去梨香院看望宝钗，薛姨妈留他吃饭。宝玉一时高兴，喝了几杯黄酒，吃了两碗酸笋鸡皮汤和半碗碧粳粥。

这顿饭，简简单单一个汤、一碗粥，却比整桌大鱼大肉更让宝玉吃得痛快。

这道菜的美味，关键在酸笋。酸笋是用鲜笋自然发酵而成的，富含乳酸，不仅助消化，还可以醒酒。鸡皮是指鸡胸肉，富含蛋白质，口感爽滑，营养价值高。酸笋和鸡胸肉炖在一起，简直是绝配。酸笋可以去除鸡胸肉的油腻，鸡胸肉可以让酸笋汤不至于太素，相得益彰，很开胃。

喝完酸笋鸡皮汤，再吃半碗"粒细长，带微绿色，炊时有香"的碧粳粥，这顿饭，堪称完美。

很多年后，不知宝玉是否还记得薛姨妈为他做的这顿饭。薛姨妈当时的心情，或许是"丈母娘看女婿，越看越欢喜"。她将对宝玉的欢喜，融入了这碗酸笋鸡皮汤，只可惜，入了宝玉的胃，却没入宝玉的心。

灵验的疗妒汤

一

如果说有一种汤，可以治疗女人"嫉妒"的毛病，你信吗？
我信。

曹雪芹早在二百多年前就给出了这样一个方子。

二

这个方子是用来治谁的呢？不是治爱吃醋的王熙凤，而是
比王熙凤"病"得更严重的薛蟠的老婆——夏金桂。

曹雪芹为每个人物取的名字，看似随意，其中却有深意。
比如"夏金桂"这三个字。

"薛"与"雪"谐音，"雪"遇见"夏天"必定融化。因此，

薛家娶进这样一个夏姓女子，无异于娶了一个"克星"，薛家势必不久矣。

《红楼梦》第七十九回的标题是《薛文龙悔娶河东狮，贾迎春误嫁中山狼》，正可以印证这一点。"河东狮"是夏金桂，"中山狼"是孙绍祖，作者将此两人放在一起，暗示两人都将促使贾家等四大家族败落。

三

说起来，夏金桂和薛蟠，倒也门当户对。夏家和薛家一样，都在户部挂名行商，就是所谓的皇商，都是数一数二的大户人家。和薛蟠一样，夏金桂的父亲也早没了。她被寡母娇养溺爱、百依百顺着长大。这样的纵容，酿成了她的"盗跖的性气"——爱自己尊若菩萨，窥他人秽如粪土。

或许是应了"一物降一物"这句话。薛蟠这样一个"呆霸王"，自从娶了狂妄自大、飞扬跋扈的夏金桂，就成了怕老婆的男人，虽有一肚子火气，但也拿她没办法。

夏金桂吵得整个薛家沸反盈天、鸡犬不宁，薛家上上下下吃尽了她的苦头，特别是香菱。

四

香菱是甄士隐的掌上明珠，不料五岁那年被人贩子拐走，从此沦为奴婢，辗转卖入薛家，成为薛蟠的小妾。

《红楼梦》第五回，宝玉跟随警幻仙姑梦游太虚幻境，看到"薄命司"里存放的金陵十二钗正册、副册、又副册里的一些判词。香菱的判词如下：根并荷花一茎香，平生遭际实堪伤。自从两地生孤木，致使香魂返故乡。

《红楼梦》是一部很奇特的小说，主要人物的命运在第五回里就通过判词告诉读者，只是读者未必能够参透。

据胡适考据，"自从两地生孤木"是一个字谜，谜底是"夏金桂"的"桂"字。也就是说，香菱最后死于夏金桂之手。

为何夏金桂要害香菱？因为嫉妒。

夏金桂还没出阁时，就不善待丫鬟，轻则辱骂，重则殴打；嫁入薛家后，成了当家奶奶后，气焰更是嚣张。书中说，她见有香菱这等一个才貌俱全的爱妾在室，越发添了"宋太祖灭南唐"之意。

嫉妒心爆发的夏金桂，视香菱为眼中钉、肉中刺，百般刁难香菱，就连薛姨妈好言相劝也无济于事。

五

夏金桂成了有名的悍妇、妒妇和泼妇，闹得荣宁二府人尽皆知，连贾宝玉都听说了。

一次，宝玉去天齐庙烧香还愿，看到一个专在江湖上卖膏药、人称"王一贴"（膏药灵验，一贴病除）的王道士，就问起可有治疗女人妒病的方子。

王道士说："贴妒的膏药倒没经过，倒有一种汤药或者可医，只是慢些儿，不能立竿见影地效验。"

他开出的方子，美其名曰"疗妒汤"。方子如下：用极好的秋梨一个，二钱冰糖，一钱陈皮，水三碗，梨熟为度。每日清早吃这么一个梨，吃来吃去就好了。

宝玉觉得这个方子很平常，说"只怕未必见效"。

王道士说："一剂不效吃十剂，今日不效明日再吃，今年不效吃到明年．横竖这三味药都是润肺开胃不伤人的，甜丝丝的，又止咳嗽，又好吃。吃过一百岁，人横竖是要死的，死了还妒什么！那时就见效了。"

六

"吃过一百岁，人横竖是要死的，死了还妒什么！那时就见效了。"曹雪芹借王道士之口，开出了这样一个方子，说出了这样一番看似玩笑，其实发人深省的话。

这一回的标题是《美香菱屈受贪夫棒，王道士胡诌妒妇方》。曹雪芹向来喜欢正话反说、反话正说，说是"胡诌"，其实自有一番道理。

我相信，食物是可以改变个性的。梨清火、润肺，陈皮开胃，长期喝这个"疗妒汤"，性情是会渐渐柔和起来的。

问题是，夏金桂愿意喝这个汤吗？她爱吃的，是油炸的焦骨头。书中写道："生平最喜啃骨头，每日务要杀鸡鸭，将肉赏人吃，只单以油炸的焦骨头下酒。吃得不耐烦，或动了气，便肆行海骂。"这样一个爱啃油汪汪的焦骨头、满嘴油腻的夏金桂，是断然不会喜欢清火润肺的冰糖炖梨的。因此，她的妒妇病，这辈子注定治不好了。

不是"疗妒汤"不灵，而是迷失在狂妄中的人，不会去喝"疗妒汤"。

一直在啃焦骨头的夏金桂，直到死的那一刻，依然无法领悟：人生是一场修行，善有善报，恶有恶报，不是不报，时候未到。

这样的领悟，不是每个人都有。

职场篇：：齐家治国平天下

王熙凤的寻常一天

一

庞大的荣国府，就像一家大型上市公司。

公司董事长是六十多岁的老祖宗贾母，她曾经叱咤风云，据说比王熙凤还要能干。如今年事已高，乐得含饴弄孙，享受天伦之乐，貌似诸事不管却又对一切了如指掌。

副董事长有四位，分别是长子贾赦及其夫人邢氏，次子贾政及其夫人王氏。贾赦、贾政身在官场，忙于打理官场上的各种关系，无暇应付荣国府内部的家务事。因此，四个副董事长中，分管内部事务的是邢夫人、王夫人这两位夫人。因为贾母对小儿子偏心，所以王夫人比邢夫人更有话语权。

那么，谁来当总经理呢？贾政和王夫人的大儿媳妇李纨比王熙凤年长，是王熙凤的嫂子，但李纨年纪轻轻就死了丈夫，孤儿寡母"可怜见的，不爱管事"。这样一来，嫁入荣国府才一年多的新媳妇王熙凤，就成了总经理的不二人选。

要当好这个总经理，着实不易。你看，荣国府上上下下，从主子到奴才，浩浩荡荡三四百号人，每天吃喝拉撒、迎来送往、婚丧嫁娶、人情世故，不知生出多少事来！光是用脚指头想想，就够头疼的了。但十七岁的少奶奶王熙凤，却将这个庞大的集团打理得井井有条，滴水不漏。

很多人不喜欢王熙凤，觉得她把天下人都算计了去，"明是一盆火，暗是一把刀"，心机太深。可是，如果你知道王熙凤的寻常一天是怎么过的，或许你就能理解，贾母为什么那么喜欢她了。

二

这一天，是秋末冬初的一个平常日子。

尽管天一天天冷了，但凤姐依然不赖被窝、不睡懒觉。她的房间里，有一个当时还很少见的西洋进贡的自鸣钟，到点了，她就准时起床。起床后的第一件事，是到贾母、王夫人、邢夫人等各长辈屋里请安。每天早上省视问安，每天晚间服侍就寝，曰"晨昏定省"。

各处问安完毕，凤姐开启一天的"办公模式"。她的办公地点，在贾母住处的后院，是一间坐南朝北的倒厅，方便贾母随时召唤她，也方便她就近向贾母汇报工作。

贾家的管事媳妇们，按顺序来汇报各自手头正在经办的大小事情，听候凤姐一一裁夺。那场面，甚是壮观。

三

这一天，有一个小小的插曲。

一个穷苦的庄稼人刘姥姥，带着她的小外孙板儿，千里迢迢来求助于贾府。经过一番周折，刘姥姥找到了王夫人的陪房周瑞媳妇。周瑞媳妇看刘姥姥一老一小大老远来一趟不容易，就答应帮她想办法，让她见上凤姐一面。因为凤姐是贾府当家人，刘姥姥想要成功借到钱，就必须见到凤姐。

不过，凤姐的办公室外边，等候汇报的人络绎不绝，周瑞媳妇根本插不上队，看得刘姥姥干着急。

不知不觉，一上午就过去了。中午时分，凤姐有一个雷打不动的工作，那就是伺候贾母、王夫人用膳。古代大家族的规矩是，婆婆吃饭时，媳妇要站在一旁伺候，不能一桌同食，但未出阁的姑娘们可以。

眼看快到中午了，周瑞媳妇忙叫小丫头到凤姐的办公室悄悄打听老太太屋里摆饭了没有。

过了一会，小丫头回来报告说："老太太屋里已摆完饭了，二奶奶在太太屋里呢。"

按照规矩，凤姐先和王夫人一起伺候贾母用膳，贾母吃完后，凤姐再到王夫人屋里，伺候王夫人用膳。等这两位长辈都吃好后，凤姐才能回自己屋里吃饭。

于是，周瑞媳妇赶紧带着刘姥姥到凤姐的办公室外边候着，说："这一下来她吃饭是个空子，咱们先赶着去。若迟一步，回事的人也多了，难说话。再歇了中觉，越发没了时候了。"

四

凤姐吃完中饭，刚想稍微缓口气，周瑞媳妇就带着刘姥姥和板儿进来了。

刘姥姥在地下拜了数拜，问姑奶奶安。凤姐忙说："周姐姐，快搀起来，别拜罢，请坐。我年轻，不大认得，可也不知是什么辈数，不敢称呼。"

凤姐这几句客套话，虽是虚情假意，倒也十分得体。

刘姥姥鼓起勇气，说明了来意。

看到这个从未见面的没有血缘关系的远亲开口要钱，给还是不给，给多少，怎么给，凤姐马上开始思考。首先，她要搞清楚，刘姥姥和贾府的亲疏程度究竟如何；然后，考虑到王夫人对刘姥姥的女婿的爷爷更了解，她要征求一下王夫人的意见；最后，她要将这件事迅速解决，因为还有其他许多事情等着她处理呢。

于是，她先命人传了一桌客饭来，摆在东边屋内，让人带了刘姥姥和板儿过去吃饭。一则体恤刘姥姥祖孙俩一早赶路来贾府，一定还饿着肚子，二则留出时间去征求王夫人的意见。王夫人很快答复说，让凤姐裁度着办就是了。

五

于是，等刘姥姥吃完了饭，凤姐就笑着说："且请坐下，听我告诉你老人家。方才的意思，我已知道了。若论亲戚之间，原该不等上门来就该有照应才是。但如今家内杂事太烦，太太渐上了年纪，一时想不到也是有的。况是我近来接着管些事，都不知道这些亲戚们。二则外头看着虽是烈烈轰轰的，殊不知大有大的艰难去处，说与人也未必信罢。今儿你既老远地来了，又是头一次见我张口，怎好叫你空着回去呢。可巧昨儿太太给我的丫头们做衣裳的二十两银子，我还没动呢，你若不嫌少，就暂且先拿了去罢。改日无事，只管来逛逛，方是亲戚们的意思。天也晚了，也不虚留你们了，到家里该问好的问个好儿罢。"

凤姐这番话，可谓滴水不漏、无懈可击，既给足了刘姥姥面子，又暗示了大家族的难处，提醒对方不可一而再、再而三来求助。

刘姥姥听了，自然高兴得不得了，带着二十两银子回家过年去了。

对凤姐来说，二十两银子只是拔根寒毛，但对刘姥姥来说，二十两银子可以置办田地，做点小买卖，过上衣食无忧的日子了。

凤姐并不知道，她无意中对刘姥姥一家的救济，倒是种下了善因，并有了将来的善报。只不过，这个善报，是报在她的女儿巧姐身上。

六

在接待刘姥姥时，宁国府贾蓉还来向凤姐借玻璃炕屏。凤姐左右开弓，干净利落、妥帖周全地处理好了这些事。

请注意，这时她刚吃完中饭，没来得及休息片刻，就连轴转地工作了。

下午，又有许多管事媳妇来一一回话，将凤姐的时间占据得满满当当。不知不觉中，白天就这样过去了，但她的工作还没有结束。

晚餐时分，凤姐照例又是先伺候贾母用膳，再伺候王夫人用膳，最后才能回到自己屋里，和老公贾琏一起吃饭。

吃完晚饭，可以和老公聊会天了吧？并不。她卸了妆，洗了脸，又到王夫人屋里去了。

王夫人虽然吃斋念佛，但在贾府依然是有分量的存在。凤姐每晚都要向她汇报今天处理了哪些事，明天需要处理哪些事，听王夫人示下。

这晚，凤姐向王夫人汇报了两件事。一是江南甄家送来的东西，她已收下了。贾家送甄家的回礼，趁着甄家有年下进鲜的船回去，一并交给他们带了去，可好？王夫人点头同意。二是临安伯老太太生日的贺礼已经打点了，派谁送去好？王夫人答复："你瞧谁闲着，就叫他们去四个女人就是了，又来当什么正经事问我。"

其实，凤姐的汇报，是有心机的。她故意挑选一些小事情向王夫人汇报，显示自己对王夫人忠心不二、谨小慎微。其实，一些真正的大事情，比如放高利贷、包揽诉讼等，她就只字不提、瞒天过海了。

汇报完了工作，凤姐想第二天去宁国府串串门，但又不敢擅作主张，就向王夫人汇报："今日珍大嫂子来，请我明日过去逛逛，明日倒没有什么事情。"

王夫人道："每常她来请，有我们，你自然不便意；她既不请我们，单请你，可知是她诚心叫你散淡散淡，别辜负了她的心，便有事也该过去才是。"

有了王夫人的批准，凤姐这才可以名正言顺地给自己放一天假。看来这个当家人，真心不好当。

七

这只是凤姐的寻常一天，她已经从早忙到晚，一刻不得闲了；如果遇上什么大事，那更是忙得只恨没有三头六臂。

比如《红楼梦》第十三回，贾珍的儿媳妇秦可卿病故，宁国府忙成一团乱麻。贾珍向宝玉诉苦，宝玉向他推荐凤姐，说："我荐一个人与你权理这一个月的事，管必妥当。"

于是，贾珍找王熙凤帮忙料理丧事。王熙凤怕人家说她爱出风头，就以自己没见过世面、笨手笨脚为由，假意推辞了一番。

贾珍笑道："若说料理不开，从小儿大妹妹玩笑时就有杀伐决断，如今出了阁，又在那府里办事，越发历练老成了。"

贾珍说得没错。王熙凤心思缜密、精明能干。贾府上上下下，无出其右者。果然，凤姐协理宁国府后，宁国府顿时有规矩，有章法，效率高，效果好。荣宁二府上上下下心服口服，对凤姐佩服得五体投地。

众人评价她"十个会说话的男人也说她不过，真正是脂粉队里的英雄，男人都万不及一"。

八

阅人无数的贾母，寻找接班人时，一眼看中的，就是当时年仅十七岁的王熙凤。王熙凤被贾母委以重任，成为有三百多人的贾府的管家少奶奶。这难度，可想而知。

事实证明，贾母确实没有看错人。整部《红楼梦》，处处可见王熙凤的雷厉风行、杀伐决断，几乎没有她干不成的事，没有她破不了的局。

很多人称王熙凤为"治世之能臣，乱世之奸雄"。这也是历史上对曹操的评价。或许，在人们眼里，王熙凤就是这样一个有战略头脑的"女曹操"，堪称"巾帼英雄，女中豪杰"。

虽然她有许多可恨之处，但偌大的贾府，倘若没有王熙凤，恐怕只会衰败得更快。

凤姐最后的毁灭，其实并不毁在她的能力，而是毁在失去监督的权力。

凤姐怕谁?

一

凤姐怕谁? 答案是，未来的宝二奶奶。

别看凤姐人前极尽风光，出入前簇后拥，但一个悬空的宝二奶奶，就压得她寝食难安。仿佛宝玉一有了媳妇，她手中的令牌就得立马交出。

即使王夫人是她亲姑妈，即使贾母夸她"年轻一辈里也算好了"，但一旦遇到了宝二奶奶，这些都不顶用了。谁叫王夫人是宝玉的亲妈，谁叫贾母最疼的是小儿子贾政的小儿子宝玉呢!

所以，宝二奶奶注定是凤姐的"梦魇"。

二

一直觉得贾母是个很可爱的老太太，很少有人偏心偏得像她那样光明正大、理所当然。

儿辈中，贾母偏爱小儿子贾政，不仅贾府人尽皆知，就连初次进贾府的黛玉也看出来了。话说黛玉拜见完贾母后，去两位舅舅那里请安。她惊奇地发现，大舅舅贾赦住的地方，只是一个从荣国府花园里隔出去的小院子，而小舅舅贾政住的地方，却是四通八达、轩昂壮丽的"荣禧堂"。堂前高悬"座上珠玑昭日月，堂前黼黻焕烟霞"的对联，一看就是荣国府的正屋。

古往今来，哪有大儿子住偏房，小儿子住正房的道理？这显然够离谱的了。不过，还有比这更离谱的呢，偌大的贾府，当家人竟然不是大儿媳邢夫人，而是小儿媳王夫人。难怪某年中秋节击鼓传花，贾赦说了一个"天下父母都偏心"的笑话，这也算是他憋屈了一辈子的言为心声吧。

孙辈中，贾母偏爱宝玉、黛玉，更是不用说了。第七回中这样写道："贾母说孙女们太多，一处挤着倒不便，只留宝玉、黛玉二人在这边解闷，却将迎春、探春、惜春三人移到王夫人这边房后三间小抱厦内居住，令李纨陪伴照管。"你看，贾母只留宝玉、黛玉在她身边同吃同住，这是有多偏爱啊。

三

王夫人少言寡语，生性木讷，勉勉强强管了几年家，不是很合贾母的意。于是，王夫人想早日找个接班人，自己乐得全身而退，吃斋念佛。

但是，找谁接班呢？这是个问题。话说贾赦和邢夫人生了一个儿子，叫贾琏。贾政和王夫人生了两个儿子，老大叫贾珠，老二叫宝玉。这三人中，贾珠的年龄最大，贾琏次之，宝玉第三。

本来，把这个家交给贾珠和他老婆李纨是最妥帖的了。可惜贾珠命薄，不到二十岁就病逝了，丢下李纨和贾兰这对孤儿寡母。宝玉还未成年，是典型的"富贵闲人"，将全部心思都用在了姐姐妹妹身上。于是，合适人选就只有贾琏了，但贾琏不是贾政和王夫人的儿子。

不过，巧的是，贾琏娶的媳妇，刚好是王夫人的亲哥哥王子腾的女儿。于是，王夫人就向贾母建议，让凤姐接自己的班，当管家少奶奶。不过，这只是暂时的，等她的儿子宝玉娶了老婆，这个家就要交给宝玉的媳妇了。

四

凤姐是个水晶心肝玻璃人。贾母和王夫人的用意，她岂能不明白? 所以, 虽然她才十七岁, 但早已意识到了"五十九岁危机", 要趁在位时狠狠捞一把。

凤姐的私房钱和小金库, 数目相当惊人。在贾府, 除了贾母, 大概数凤姐最有钱了。贾母在明, 凤姐在暗。贾母攒了一辈子, 也不过一万多两体己银子, 但凤姐只"折腾"了几年, 就挣了好几万两银子。在"弄权铁槛寺"那一回, 凤姐跟老尼姑说自己不差钱, 三万两银子能够立马拿出来。其私房钱之多, 可见一斑。

第二十八回, 一天中午, 凤姐站在门前看十来个小厮挪花盆, 正巧见宝玉路过, 就让他帮忙写几个字: 大红妆缎四十匹, 蟒缎四十匹, 各色上用纱一百匹, 金项圈四个。宝玉问: "这算什么? 又不是账, 又不是礼物, 怎么个写法儿?"凤姐道: "你只管写上, 横竖我自己明白就罢了。"

其实, 这个单子, 就是凤姐的私房体己。曹雪芹家, 从祖父辈开始执掌江宁织造, 绵延近半个世纪。因此, 曹雪芹对纺织品如数家珍。"大红妆缎、蟒缎、上用纱"等都是清朝进贡皇上的珍贵面料, 相当于如今的限量版奢侈品。凤姐大权在握, 雁过拔毛, 神不知鬼不觉地就据为己有了。

第十五回, 凤姐以贾府的名义轻轻松松替人打了个官司, 收了人家三千两银子的好处费, 进了自己的腰包。三千两银子是什么概念? 这么说吧, 走投无路的刘姥姥向荣国府求助时, 凤姐救济她二十两银子, 刘姥姥千恩万谢, 说二十两银子够他们庄稼人用上一年了。荣国府里, 每位主子每个月都有月钱, 老祖宗贾母的月钱是二十两银子, 王夫人、邢夫人等是十两银子。

凤姐随随便便一捣鼓，就入了三千两银子，可见她敛财到了何等疯狂的地步。

这般疯狂敛财，皆因她知道自己做不长。如果她这个管家奶奶是要长长远远当下去的，她又何必这样着急呢？

五

在宝玉的婚姻大事上，凤姐力挺黛玉，对宝钗没啥好感。其实，并非凤姐多么喜欢黛玉，而是有她自己的小心思。

按理说，宝钗是凤姐的亲姑妈的女儿，且王夫人和薛姨妈一心一意想让宝钗成为宝二奶奶，凤姐应该力挺宝钗，撮合"金玉良缘"才是。但凤姐偏偏"抑钗扬黛"，支持贾母的"冤家派"。当然，这一方面因为在宝玉的婚姻大事上，贾母才是最终的决定者，既然贾母力挺黛玉，凤姐自然要积极附和；另一方面，就是凤姐自己的小算盘了。

第五十六回《敏探春兴利除宿弊，时宝钗小惠全大体》中，凤姐生病，李纨、探春、宝钗三人代凤姐料理家务，将荣国府管理得有条不紊、井然有序，得到了贾府上下的一致好评。由此可见，宝钗的治家才能，不在凤姐之下，甚至高于凤姐。能干的宝钗一旦成了宝二奶奶，凤姐铁定是要"下岗"了。但如果是病恹恹的黛玉成了宝二奶奶，纵然贾母和王夫人想让黛玉当家，黛玉本人也是一万个不愿意啊。

因此，在高鹗续写的后四十回中，说凤姐想出了那个著名

mart2

的"调包计",帮助宝钗如愿嫁给了宝玉,当上了宝二奶奶,估计凤姐发了疯才会这样"革自己的命"吧。

跟对领导很重要

一

有能力的领导，善于培养并驾驭有能力的下属。

《红楼梦》中，看看贾母、凤姐、王夫人等三位主人身边的丫头，就会发现，凡是能干的丫头，都是能干的主人培养的。比如，鸳鸯、晴雯、袭人、紫鹃等四大"首席丫头"，都是贾母一手调教的。果然是强将手下无弱兵。

二

在贾府，同样是丫头，但不同主人身边的丫头，能力、水平大相径庭。

贾母、凤姐身边的丫头，明显比其他丫头能干。抛开丫头本身的基础不说，主人的调教是关键。

　　贾母用人，不拘一格。她善于发现每个人的特点和优点，用其所长，避其所短。自重自爱的鸳鸯、伶牙俐齿的晴雯、寡言少语的袭人、心地善良的紫鹃，都被贾母悉心调教过，都被委以重任。

　　　　三

　　晴雯十岁时被贾府的"首席大管家"赖大买下，聪明伶俐，颇受赖大的母亲喜欢，她进贾府办事时经常带着她。贾母看到后，也很喜欢，赖嬷嬷就将晴雯送给贾母，让她听贾母使唤。

　　贾母对晴雯有这样一番评价："晴雯这丫头，我看她甚好，言谈针线都不及她，将来可以给宝玉使唤。"在贾母心目中，将来可以成为宝玉小妾的，不是袭人，而是晴雯。

　　贾母没有看错人，晴雯的"言谈"和"针线"，确实出类拔萃。从第三十一回《撕扇子作千金一笑，因麒麟伏白首双星》中足可看出晴雯的伶牙俐齿，从第五十二回《俏平儿情掩虾须镯，勇晴雯病补雀金裘》中足可看出晴雯的针线之巧。

　　　　四

　　同样被贾母派去照顾宝玉的，还有袭人。

和晴雯的伶牙俐齿不同，袭人寡言少语，随分守时。在贾母看来，心地纯良的袭人和俏皮可爱的晴雯，恰好形成互补，可以从不同方面照顾宝玉。

袭人本名蕊珠，被贾母送给宝玉后，宝玉知她姓花，曾见旧人诗句中有"花气袭人知昼暖"，就把蕊珠改名为袭人。

袭人凭借其稳重细心，渐渐成了宝玉身边的"首席大丫头"。第三十回，袭人被淋成落汤鸡的宝玉误踢一脚，肋上青了碗大一块后，却对宝玉忍痛说："没有踢着，还不换衣裳去。"可见袭人的顾大局、识大体，不是一般人能做得到的。

五

黛玉投奔贾府后，贾母将紫鹃送给了黛玉。

黛玉从苏州林家来到京城贾府时，只带了两个人，一个是自己的奶娘王嬷嬷，一个是十岁的小丫头雪雁。贾母见雪雁甚小，一团孩子气，王嬷嬷又太老，就将紫鹃给了黛玉。

紫鹃聪明灵慧，和黛玉情同姐妹，一心一意为黛玉着想，黛玉一时半刻都离不开她。她见黛玉是个孤儿，又和宝玉相爱，就劝黛玉"趁早儿老太太还明白硬朗的时节，作定了大事要紧"。为此，她用林家要接黛玉回苏州的话来试宝玉，竟使宝玉痴病大发，将他对黛玉的一片痴心表露无遗。

从某种意义上说，紫鹃之于黛玉，类似《西厢记》中的红娘之于崔莺莺。

六

一直留在贾母身边的大丫头，是鸳鸯。鸳鸯将贾母的饮食起居照顾得妥妥帖帖，深得贾母的倚赖信任。贾母玩牌，她坐在旁边出主意；贾母摆宴，她入座充当令官；贾母出门，她将其一身行头穿戴周全。

因此，当好色的大儿子贾赦看上鸳鸯，要强迫其做妾时，贾母的生气程度可想而知。当着众人的面，贾母将她色迷心窍的糊涂儿子痛骂了一顿，说："我通共剩了这么一个可靠的人，你们还要来算计！"

后来，事情平息后，凤姐对贾母开玩笑说："谁叫老太太会调理人？调理的水葱儿似的，怎么怨得人要？我幸亏是孙子媳妇，我若是孙子，我早要了，还等到这会子呢。"

七

和贾母一样，凤姐调教丫头的本事，也是一等一。她调教出来的平儿，赢得了贾府上下的一致好评。

平儿是凤姐的陪嫁丫头，是她最得力的心腹助手，深得她的信任。偌大的贾府，凤姐能够推心置腹，诉衷曲、道烦难的，恐怕也只有平儿一人而已。

凤姐的大嫂李纨曾当面夸平儿："我成日家和人说笑，有个唐僧取经，就有个白马来驮他；刘智远打天下，就有个瓜精来送盔甲；

有个凤丫头，就有个你，你就是你奶奶的一把总钥匙。"

李纨的评语并不夸张。平儿对王熙凤赤胆忠心，与她配合默契。在待人接物、行权处事等方面，不待王熙凤出口授意，平儿便能掂掇轻重，知所进退。

平儿的能力，一则基于自己的悟性，二则离不开凤姐的调教。

《红楼梦》第二十七回中，王熙凤让宝玉的丫头小红办一件事，小红办得很周全，特别是讲话，干净利落，受到王熙凤称赞。王熙凤说："好孩子，难为你说得齐全，别像她们扭扭捏捏蚊子似的。嫂子你不知道，如今除了我随手使的几个丫头老婆之外，我就怕和他们说话。他们必定把一句话拉长了作两三截儿，咬文咬字，拿着腔儿，哼哼唧唧的，急得我冒火，他们哪里知道！先时我们平儿也是这么着，我就问着她，难道必定装蚊子哼哼就是美人了？说了几遭才好些儿了。"

从中可以看出，王熙凤欣赏说话干练、行事果断的人，不喜欢扭扭捏捏、磨磨蹭蹭。经她调教的平儿、小红等，无不得其真传。

八

和贾母、凤姐善于调教丫头相反，王夫人对聪明伶俐的丫头很反感，喜欢蠢笨一点的丫头。

王夫人是贾母的二儿媳妇、宝玉的母亲、凤姐的姑妈，娘家是显赫的"贾、史、王、薛"四大家族之一，按理说，她是贾府最合适的当家人。但她长年吃斋念佛，性格木讷，死气沉沉，诸事不管，能力平平。

有能力的人，会欣赏同样有能力的人；没有能力的人，却对有能力的人处处设防。比如，王夫人一直盯着宝玉身边的丫头，怕丫头们教坏了宝玉。从袭人到干粗活的小丫头们，她都要亲自看一遍。

她对晴雯的聪明伶俐十分反感，担心会"勾引坏了"宝玉。于是，在晴雯"病得四五日水米不曾沾牙"的情况下，她派人硬把她从炕上拉下来，撵了出去，可怜晴雯当夜就悲惨地死去。

贾母得知儿媳妇撵走了她一手调教的晴雯，心中自然不悦。王夫人谎称"晴雯又懒又淘气，且得了女儿痨，才把她送出大观园"。贾母心思通透，心里明白，但也不便再说什么了。

幸亏贾母没有将这个家交给儿媳妇王夫人，而是直接交给了孙媳妇凤姐。否则，贾府能干的管家和下人们，估计都要"下岗"了。

九

如果说贾府是一个现代职场，那么对于职场中人来说，如果跟了贾母、凤姐这样的领导，能力水平会"噌噌"往上升。如果不幸遇到了王夫人、邢夫人、尤氏这样的领导，只怕一辈子深陷泥潭，一入职场误终身。

因此，跟对领导很重要。

毁掉凤姐很容易

一

对于凤姐最后的毁灭，我一直耿耿于怀，很惋惜。培养出一个能干出色的职业经理人，着实不易。

管了一辈子家的贾母，迟迟无法交出这把交椅，因为儿媳妇王夫人始终无法独当一面。直到凤姐嫁入贾家，贾母才眼前一亮，觉得这个孙媳妇是可造之才。贾母慧眼识珠，凤姐不负众望，将这个家管得有模有样。

培养凤姐不容易，毁掉凤姐却很容易。

凤姐的毁灭，毁在绝对的权力，毁在膨胀的欲望，毁在用信任代替了监督……

二

自古以来，在中国的家庭关系中，男主外，女主内。家里的事，一向由女人们负责。

贾母物色接班人时，按理说，是轮不到十七岁的凤姐的。

在她前面，还有三位候选人：一是贾母的大儿媳妇邢夫人，二是贾母的二儿媳妇王夫人，三是贾母的大孙媳妇李纨。身为二孙媳妇的凤姐，顶多能排第四位。但邢夫人一身市井气，王夫人生性木讷，李纨年轻守寡，这样一来，"模样标致，言谈爽利，心机深细，男人万不及一"的凤姐，自然成了贾府管家奶奶的最佳人选。

成为管家奶奶后的凤姐，拥有了绝对的权力，集众多重要职务于一身。绝对的权力导致绝对的腐败。拥有绝对权力且缺乏有效监督的凤姐走向毁灭，注定是迟早的事。

三

古往今来，工程是滋生腐败的沃土。为迎接贵妃元春省亲，贾府要耗费巨资建设一个庞大的工程——大观园。贾府族中子弟，都盯上了大观园工程这块"唐僧肉"。大家心知肚明，只要能揽到其中一两件差事，就能发点小财。

这些肥差的分配权，表面上掌握在贾琏手里，其实都在凤姐手中。

《红楼梦》第十六回，贾琏的乳母赵嬷嬷跑来找凤姐，说："这如今从天上跑出这样一件大喜事来，哪里用不着人？我也老了，有的是那两个儿子，你就另眼照看他们些，别人也不敢龇牙儿的。"

赵嬷嬷为何不找贾琏？因为贾琏说话没分量。赵嬷嬷对凤姐说："我们这爷，只是嘴里说得好，到了跟前就忘了我们。我还再三地求了他几遍，他答应得倒好，如今还是落空。所以倒是来和奶奶说是正经。靠着我们爷，只怕我还饿死了呢！"

凤姐笑道："妈妈，你的两个奶哥哥都交给我。"

紧接着，贾琏的侄子贾蓉、贾蔷等也来了，向贾琏汇报"下姑苏请聘教习，采买女孩子，置办乐器行头、置办彩灯花烛并各色帘帐等事"。

贾琏说："你能够在行吗？这个事虽不甚大，里头却有藏掖的。"

凤姐和贾蓉私交甚好，就替贾蓉说话："你也太操心了！谁都是在行的？依我说，很好。"于是，贾琏不再有二话。

后来，贾蓉悄悄笑向凤姐道："你老人家要什么，开个账儿带去，按着置办了来。"

凤姐说不要东西，要推荐两个自己人，就把赵嬷嬷的两个儿子不着痕迹地推荐去了。

四

《红楼梦》第二十四回，和贾蓉同辈的贾芸也来找贾琏，打听可有什么差事。

贾琏说："前儿倒有一件事情出来，偏偏你婶娘给了芹儿。她许我说，明儿园里还有几处要栽花木的地方，等这个工程出来，一定给你就是了。"

听话听音，贾芸立即明白，这个家里，真正做主的不是贾琏，而是凤姐，他要求凤姐才有用。于是，贾芸赶紧到香料铺买了贵重的冰片和麝香，给凤姐送去。

凤姐正在置办节礼，香料正合她的心意，她便收下道："看你这么知好歹，怪不得你叔叔常提起你来，说你好，说话明白，心里有见识。"

后来，凤姐就将大观园里种花木的工程派给贾芸了。

从赵嬷嬷的两个儿子到贾蓉、贾蔷、贾芹、贾芸……凡是能从凤姐手里要到差事的，能不给凤姐好处吗？

五

和工程好处费相比，凤姐挪用月钱放高利贷来钱更快。《红楼梦》中多次提到凤姐放高利贷的事。

第十六回，旺儿媳妇送高利贷利息来，刚好贾琏在场，就被平儿支开了。贾琏出门后，平儿悄悄告诉凤姐："旺儿嫂子越发连个算计也没了，那项利银早不送来，晚不送来，这会子二爷在家，他偏送这个来了。咱们二爷那脾气，油锅里的还要捞出来花呢，知道奶奶有了体己，他还不大着胆子花吗？所以我赶着接过来，说了她两句。"

旺儿两口子都是凤姐的亲信，帮凤姐操办放高利贷的事。第七十二回，凤姐勒令旺儿年底之前把所有放出去的钱连本带利全部收回来。

从中可以看出，放高利贷谋取利益的事，凤姐一直在做。本钱除了她的私房钱外，主要是她挪用的贾府上上下下的月钱。

按照贾府的规矩，从主子到奴才，每人每月都有金额不等的月钱。比如，贾母、王夫人、邢夫人每月各有二十两银子，凤姐每月五两银子，宝玉、探春、黛玉等公子、小姐们每月二两银子，鸳鸯、袭人等大丫头每月一两银子，众多小丫头每月五百钱……

贾府上上下下三百多人，每月的月钱不是一笔小数目。

第三十九回，袭人问平儿："这个月的月钱，连老太太和太太还没放呢，是为什么？"平儿悄悄说："这个月的月钱，我们奶奶早已支了，放给人使呢。等别处的利钱收了来，凑齐了才放呢。因为是你，我才告诉你，你可不许告诉一个人去。"

或许因为和袭人是闺蜜，平儿还给袭人算了一笔账："她（凤姐）这几年拿着这一项银子，翻出有几百来了。她的公费月例又使不着，十两八两零碎攒了放出去，只她这梯己利钱，一年不到，上千的银子呢。"

清朝对高利贷有管制，官家放贷本是忌讳。贾府是官家，凤姐这种做法，放在今天就是"挪用公款"。凤姐为何如此胆大妄为？因为没有监督。

六

"凡鸟偏从末世来，都知爱慕此生才。一从二令三人木，哭向金陵事更哀。"虽然曹公来不及写凤姐最后的结局，但从他为凤姐写的判词中可以肯定，凤姐的下场是很悲惨的。

红学家分析，贾府被抄家后，王熙凤因放高利贷、收受贿赂、妨碍司法公正、杀人未遂等数罪，与贾珍、贾蓉等人一起成为贾府"事败"的元凶而被捕入狱，可谓"机关算尽太聪明，反误了卿卿性命"。

古希腊历史学家希罗多德曾说："上帝欲使之灭亡，必先使之疯狂。"

培养凤姐不容易，毁掉凤姐却很容易。在失去监督的权力面前，被贾母委以重任的凤姐，终于忘乎所以，一步步走向疯狂，走向灭亡。

不知身陷囹圄的凤姐，在生命的最后一刻，会想起什么。

大事化小是真本事

一

世间许多事情，干好了是小事，干不好是大事。那些能将大事化小、小事化了的人，是有真本事。《红楼梦》中的平儿，就有这样的本事。

曹雪芹字斟句酌，惜字如金，标题更是字字珠玑。《红楼梦》前八十回的标题中，有四处提到了平儿。如第二十一回的"俏平儿软语救贾琏"、第四十四回的"喜出望外平儿理妆"、第五十二回的"俏平儿情掩虾须镯"、第六十一回的"判冤决狱平儿行权"，可见平儿深得曹公之心。

二

曹公多次用"俏"形容平儿。在美女如云的《红楼梦》里，我觉得，平儿之"俏"，不仅是外表之俏、气质之俏，更在于心灵之俏。

她不矜才，不使气，不恃宠，不市恩，"以贾琏之俗和凤姐之威，竟能周全妥帖"，着实不易。

平儿为人处世，自有一番原则，其中一条原则就是"大事化小、小事化了"。

《红楼梦》第六十二回，平儿对林之孝家的道："大事化为小事，小事化为没事，方是兴旺之家。若得不了一点子小事，便扬铃打鼓地乱折腾起来，不成道理。"

自古以来，无论治国，还是治家，都提倡"以和为贵""和气生财"。在三百多人的贾府，如果没有"大事化小、小事化了"的本事，还能清净过日子吗？

三

平儿人如其名。一个"平"字，有平衡、摆平的意思，摆平摆平，就是水平。从"俏平儿情掩虾须镯"的故事，可以看出平儿的这一水平。

某年冬天，下了一场大雪。第二天，雪后天晴，宝玉和众姊妹兴致高涨，在大观园的芦雪庵烤肉、联诗。刚巧平儿来了，见如此有趣，就摘下手上的一对镯子，一起烧烤。等吃完烤肉再戴镯子时，却发现少了一个。

几天后，经调查，是宝玉身边的小丫头坠儿偷了镯子。平儿不想因为坠儿伤了宝玉的脸面，就将"镯子被偷"的事实说成了"自己粗心，埋在雪里没看见"。然后，悄悄告诉宝玉身边的大丫头麝月："你们以后防着坠儿些，别使唤她到别处去，再变个法子打发她出去就好了。"

平儿的处事方法，既坚持了原则——对偷窃行为要有处罚，又顾及了宝玉的颜面，是真正的"摆平"和水平。

四

和"俏"平儿处事风格十分相似的，还有宝玉身边的"贤"袭人。

"大贤人"这个称号，是宝玉给袭人取的，虽带有一些玩笑和讽刺意味，但袭人的确担得起这个称号。"贤"袭人的秘诀，其实也是"大事化小，小事化了"。

宝玉住的怡红院，不是一个省心的地方。要知道，宝玉是贾母最宝贝的孙子，集三千宠爱于一身，且英俊潇洒、温柔多情，堪称大观园里的一号"男神"。

如果在大观园的丫鬟中做个民意调查，问她们最想当谁的丫头，十之八九，一定是宝玉。宝玉身边的丫头，不是一般的多。除了袭人、晴雯、麝月、秋纹等四个贴身大丫头外，还有绮霰、碧痕、茜雪等二等丫头，以及媚人、檀云、紫绡、良儿、小红、春燕、芳官、四儿、佳蕙、坠儿、篆儿、春燕等小丫头。

人多的地方，就是江湖，更何况是一群美女围绕一个帅哥的地方。如果没有袭人，不知怡红院的屋顶会不会被掀翻。

五

袭人是怡红院里的"定海神针"。

《红楼梦》第十九回，袭人回娘家。宝玉知道袭人喜欢吃糖蒸酥酪，就特地让人留了酥酪，等袭人回来吃。傍晚时分，袭人回来了，宝玉命小丫头取酥酪来。不料，小丫头说："李奶奶吃了。"李奶奶是宝玉的奶妈，仗着宝玉是喝自己的奶长大的，常在怡红院里拿大。

宝玉刚想发火，袭人就忙笑道："多谢费心，前儿我吃的时候好吃，吃过了却肚子疼，足闹得吐了才好。李奶奶吃了倒好，搁在这里倒白糟蹋了。"

袭人这番话，当然是"善意的谎言"，无非是不想让宝玉为此事生气。

袭人怕宝玉不相信，继续哄他说："我只想风干栗子吃，你替我剥栗子，我去铺床。"宝玉顿时信以为真，就把关于酥酪的不快丢开了，取了栗子来，在灯前一一检剥。

一场风波就这样悄无声息地避免了。

六

扁鹊三兄弟的故事，想必家喻户晓。扁鹊告诉世人："长兄最善，中兄次之，扁鹊最为下。"

为何？因为"长兄于病视神，未有形而除之，故名不出于家。中兄治病，其在毫毛，故名不出于闾。若扁鹊者，镵血脉、投毒药、副肌肤间，闲而名出闻于诸侯。"

唐代医家孙思邈，根据扁鹊三兄弟的故事，提出了"上医医未病之病，中医医欲病之病，下医医已病之病"的三种境界。

"上医医未病"，不正是"大事化小，小事化了"吗？这样的本事，是真本事。

拍马屁的最高境界

一

拍马屁的最高境界，或许就是你明知这人在拍马屁，却听着听着就当真了。《红楼梦》中的王熙凤，就有这样的本事。

同样是奉承贾母的话，从别人嘴里说出来，不是虚伪、肉麻，就是僵硬、生分，但从凤姐口里说出来，却让老祖宗通体舒泰、开怀大笑。

整本《红楼梦》，凤姐对贾母的奉承话，几乎从头说到尾，且没有一句不让老祖宗乐呵半天的。这样的境界，让人不服不行。

二

《红楼梦》第三回，黛玉初进贾府，贾母向她一一介绍贾府的亲戚们。

"这是你大舅母，这是你二舅母，这是你先珠大哥的媳妇珠大嫂子。"轮到王熙凤时，贾母却一改稳重的口吻，开起了玩笑，"你不认得她，她是我们这里有名的一个泼皮破落户儿，南省俗谓作'辣子'，你只叫她'凤辣子'就是了。"

用脚指头想想就知道，能让贾母开玩笑的人，该是多受她喜欢。

或许黛玉此时还不明白外婆为何这么喜欢这个孙媳妇，但听了凤姐下面这番话，冰雪聪明的黛玉，顿时明白了。

贾母话音刚落，凤姐就上前携了黛玉的手，上上下下、仔仔细细打量了一番，笑道："天下真有这样标致的人物，我今儿才算见着了！况且这通身的气派，竟不像老祖宗的外孙女，竟是个嫡亲的孙女，怨不得老祖宗天天口头心头一时不忘！"

这番奉承话，妙就妙在"不像外孙女，倒像亲孙女"这十个字，可谓四两拨千斤，一下子就说到了贾母心坎里。一是贾母一直对黛玉念叨"我这些儿女，所疼者独有你母"，凤姐夸黛玉是贾母的亲孙女，等于拉近了黛玉和贾母的血缘关系，甚合贾母心意；二是凤姐先夸黛玉如此优秀，再说黛玉像贾母，其实就是奉承贾母的遗传基因好；三是凤姐说"怨不得老祖宗天天口头心头一时不忘"，相当于替贾母告诉黛玉"外婆很想你"，说出了贾母想说的话。

凤姐这一招，其实就是拐着弯儿夸人，这种不着痕迹的夸法，不肉麻，不生硬，恰到好处，水到渠成。

此乃凤姐拍马屁的第一招，美其名曰"曲径通幽"。

三

凤姐拍马屁的第二招，是"借题发挥"。

《红楼梦》第三十八回，一天，风和日丽，贾母带领孙女们在大观园游玩，凤姐、李纨等众媳妇做好后勤保障服务工作。

说实在的，古代女子出嫁前和出嫁后，真是一个天上，一个地下。出嫁前是备受宠爱的千金小姐，出嫁后就是处处小心的小媳妇。

贾母来到一个四面环水的亭子，看到匾上写着"藕香榭"三字，回忆道："我先小时，家里也有这么一个亭子，叫做'枕霞阁'。我那时也只像你们这么大年纪，同姊妹们天天顽去。那日谁知我失了脚掉下去，几乎没淹死，好容易救了上来，到底被那木钉把头碰破了。如今这鬓角上那指头顶大一块窝儿就是那残破了。众人都怕经了水，又怕冒了风，都说活不得了，谁知竟好了。"

你在现场，听了贾母这番话，该怎么接这个茬呢？且看凤姐的表现。

凤姐不等人说，先笑道："那时要活不得，如今这大福可叫谁享呢！可知老祖宗从小儿的福寿就不小，神差鬼使碰出那个窝儿来，好盛福寿的。寿星老儿头上原是一个窝儿，因为万福万寿盛满了，所以倒凸高出些来了。"

贾母脑袋上摔个坑，凤姐就能马上联想到寿星老儿，且借题发挥说出这样一番话来。这反应，真是要多快就多快。

未及说完，贾母与众人都笑软了。贾母笑道："这猴儿惯得了不得了，只管拿我取笑起来，恨得我撕你那油嘴。"

凤姐笑道："回来吃螃蟹，恐积了冷在心里，讨老祖宗笑一笑开开心，一高兴多吃两个就无妨了。"

凤姐的姑妈、贾母的儿媳妇王夫人笑道："老太太因为喜欢她，才惯得她这样。"

贾母笑道："我喜欢她这样，况且她又不是那不知高低的孩子。家常没人，娘儿们原该这样。横竖礼体不错就罢，没的倒叫她从神儿似的作什么。"

请注意，贾母最后这段话，是对凤姐的全面评价，包含了三层意思：一是凤姐行事稳重，诸事都能处理妥当，"不是那不知高低的孩子"；二是凤姐虽然爱开玩笑，但尺度把握得很好；三是日常生活中就该这样活泼，如果一味像场面上那样拘礼，反而生分了。

四

凤姐拍马屁的第三招，是"正话反说"。

《红楼梦》第二十二回，宝钗十五岁生日快到了，一向喜欢热闹的贾母，拿出二十两体己银子，交给凤姐置办酒戏，为宝钗好好庆生。

一般的总经理，见董事长主动拿出私房钱给员工过生日，一定会说一箩筐感恩戴德的奉承话，什么董事长平易近人啊，董事长与民同乐啊，董事长体恤下情啊……凤姐却反其道而行之。

她凑趣笑道："一个老祖宗给孩子们作生日，不拘怎样，谁还敢争，又办什么酒戏。既高兴要热闹，就说不得自己花上几两。巴巴的找出这霉烂的二十两银子来作东道，这意思还叫我赔上。果然拿不出来也罢了，金的，银的，圆的，扁的，压塌了箱子底，只是捎我们。举眼看看，谁不是儿女？难道将来只有宝兄弟顶了你老人家上五台山不成？那些梯己只留于他。我们如今虽不配使，也别苦了我们。这个够酒的？够戏的？"

我第一次读这段话时，真是吓了一跳。不是说老人家最忌讳"死"吗？凤姐不仅不避讳，还大说特说。这还不够，末了，还"嘲笑"贾母小气："这个够酒的？够戏的？"

我的天，凤姐，你确定是在对婆婆的婆婆说话吗？

没想到，凤姐这番话，又说得满屋里都笑起来，连贾母都笑了，说："你们听听这嘴！我也算会说的，怎么说不过这猴儿。你婆婆也不敢强嘴，你和我邦邦的。"

凤姐笑道："我婆婆也是一样的疼宝玉，我也没处去诉冤，倒说我强嘴。"说着，又引着贾母笑了一回，贾母十分喜悦。

五

《红楼梦》第五十回，也有这样的"正话反说"。

大雪天，贾母不要人陪，到大观园芦雪庵看孙辈喝酒联诗，再到孙女惜春的住处看她画画。凤姐找不到贾母，就一路找了过来。贾母见她来了，心中喜悦，说："我怕你们冷着了，所以不许人告诉你们去，你真是个鬼灵精儿，到底找了我来，孝敬也不在这上头。"

一般人听贾母这样夸奖自己，大概只会说"老祖宗，这是孙媳妇应该做的"之类，但王熙凤偏不按常理出牌，她笑道："我哪里是孝敬的心找了来？我因为到了老祖宗那里，鸦没鹊静的，问小丫头子们，又不肯说叫我找到园里来。我正疑惑，忽然来了两三个姑子，我心里才明白。我想姑子必是来送年疏，或要年例香例银子，老祖宗年下的事也多，一定是躲债来了。我赶忙问了那姑子，果然不错。我连忙把年例给了他们去了。如今来回老祖宗，债主已去，不用躲着了。"

这番话，真是说得精彩漂亮，比"老祖宗，这是孙媳妇应该做的"段位不知高出多少倍！

其实，凤姐深谙贾母的心思。她知道，对贾母这样一位一言九鼎、位高权重的老祖宗来说，她每天听到的奉承话，简直是排山倒海，源源不断，耳朵都要生茧了。就像一个吃腻了山珍海味的人，偶尔换换口味，吃点萝卜青菜，反而眼前一亮，觉得是人间美味。

因此，凤姐的"正话反说"，轻轻松松就赢得了贾母的欢心。

六

网上流行这样一句话："你说话让别人舒服的程度，决定着你成功的高度。"

凤姐对贾母说的每一句话，不仅贾母听着舒服，就连我们读者听着也很受用。因此，撇开王熙凤的"嘴甜心苦，两面三刀，上头一脸笑，脚下使绊子，明是一盆火、暗是一把刀"等个性不谈，光看她的语言艺术，她前半辈子的成功，是注定的事。

用三十年喜欢一本书（代后记）

一

《红楼梦》是一本长年放在我床头的书。浩瀚书海中，有此待遇的，似乎只有《红楼梦》。

无论多晚，临睡前，我总会习惯性地翻翻《红楼梦》。无论翻到哪一回，哪一段，随意地读下去，都颇有趣味。

流光容易把人抛，红了樱桃，绿了芭蕉。蓦然回首，忽然发现，喜欢《红楼梦》，已有三十多载。

二

喜欢《红楼梦》，始自 1987 年首播的电视连续剧《红楼梦》。

据说，为了用镜头诠释好经典原著，王扶林导演带领近二百名演职人员，历时三年，才完成拍摄。1987年，电视剧《红楼梦》在央视开播，从此，人称"87版《红楼梦》"。

从来没有一部电视连续剧，可以让我如此反反复复地看。其中的曲子，从《枉凝眉》《葬花吟》到《好了歌》《终身误》《恨无常》《乐中悲》，听了一遍又一遍，余音绕梁，三日不绝。

1987年，正读小学一年级的我，完整地"追"完了全剧。从此，欧阳奋强、陈晓旭、张莉、邓婕等演绎的宝玉、黛玉、宝钗、凤姐，深深地烙印在我心中，以至于后来阅读原著时，我脑海里浮现的小说人物形象，就是电视剧中的演员形象，似乎宝玉就该有欧阳奋强的痴和憨，黛玉就该有陈晓旭的悲和伤。

三

因为电视剧《红楼梦》，我爱上了原著。从此，人生路上，一直有"红楼中人"相伴。

蒋勋说，他是将《红楼梦》当佛经来读的，因为里面处处都是慈悲，处处都是觉悟。我觉得，读《红楼梦》，就像是阅读自己的人生。

曹雪芹在《红楼梦》第五回《游幻境指迷十二钗，饮仙醪曲演红楼梦》中，明明白白透露了书中主要人物的一生。他们的人生，何尝不是我们自己的人生呢？

春去秋来，曹雪芹在"悼红轩"中十年磨一剑，可惜稿未完而人先亡，写到第八十回时戛然而止。贾宝玉的原型是谁？贾宝玉最后和谁在一起？荣宁二府因何没落？"树倒猢狲散"后何去何从？……随着曹雪芹的去世，这一切，都已成千古谜团，无法求证。

其实，《红楼梦》的结局，就是我们生命的结局。从我们出生之日起，就已注定有一个名叫"死亡"的东西，在路的尽头等着我们。但是，从"生"到"死"的这一路上，我们依然有很多"不甘"，很多"执迷"，很多"看不开"，很多"放不下"。正如贾宝玉的前身——那颗灵河岸边的顽石那样，一旦动了凡心，就必须亲自到红尘中走一遭才会死心。历经几世几劫后，才能真正觉悟，真正放下。

四

身处太平盛世，平凡如你我，大概不会像曹雪芹那样经历从"大繁华"到"大幻灭"的跌宕起伏，但人生不如意事，依然十之八九。

"月有阴晴圆缺，人有悲欢离合"，哪个成年人活得容易呢？

这个时候，不妨捧起《红楼梦》，静下心来，细细品味书中的每个人物、每个细节。

当我们读懂了《红楼梦》，或许就会明白，和书中人物的命运相比，我们的这点失意、烦恼、委屈、挫折，何其渺小，何足挂齿，何须萦怀？

"死亡"是注定的，但"每一天"都有无限的可能。过得好不好，就在我们的一念之间。一念放下，万般自在。

《红楼梦》，就是这样一本值得我们用一生去读、去品、去悟的人生书。

愿书中所有的情深义重，都能换来岁月温柔，不必回头。